DARLING

#HIVER

L'éditeur remercie Ava Pakdel, Aliocha Milisic-Delrieu et les auteurs pour l'utilisation gracieuse de leurs photos en couverture.

www.actes-sud-junior.fr

Éditeur : François Martin assisté de Noémie Seux-Sorek
Directeur de création : Kamy Pakdel
Maquette : Catherine Fantini et Christelle Grossin

ISBN 978-2-330-14487-6
Loi 49-956 du 16 juillet 1949 sur les publications destinées à la jeunesse.

CHARLOTTE **ERLIH**
JULIEN **DUFRESNE-LAMY**

DARLING

#HIVER

ACTES SUD junior

PIERRE

J'ai pas mangé de toute la semaine. Rien pu avaler. Même pour un verre d'eau, ma gorge est coincée.

J'ai l'impression de glisser.

Tomber sans cesse au fond d'un puits.

Je suis pas allé en cours depuis lundi. J'ai même pas eu à inventer une connerie. Ma mère s'inquiète, elle me dit : "Pierre, c'est quoi cette tête ?" J'ai envie de lui répliquer : Regarde la tienne. Regarde ce que le père te fait, regarde tout ce que tu acceptes. Mais jamais j'oserai blesser ma mère.

Dans ma tête, j'entends les mots d'Agathe. "C'est fini, désolée, pas contre toi, t'y es pour rien, t'es pas si mal." Pas si mal, ça veut dire quoi ?

Ça veut dire pas assez bien, et voilà.

Agathe est repartie, pressée, parce que sa nouvelle pote Eva l'attendait à la grille du bahut. Agathe est passée à autre chose. Moi pas.

Je suis resté là, paralysé.

Ce soir, le père rentre du boulot, balance ses chaussures comme un ado rebelle et gueule :“Pierrot, descends, viens te mettre à table et bouge ton cul.”

Ma mère n’a même pas encore fini de préparer le dîner et peu importe, je passe mon visage sous l’eau et rapplique l’air de rien.

À table, le père voit pas ma tristesse, mes yeux boursouflés. Il s’empiffre de mie de pain et me balance : “T’as encore ta gastro ?” Je fais oui de la tête et il enchaîne sur ses derniers contrats. Il gère une entreprise de préfabriqués qu’il loue pour des chantiers. Il les appelle ses cabanes, genre le type est un aventurier. Le père croit qu’il a le job le plus important du monde. Qu’il est Premier ministre ou présentateur du JT.

Ma reum le ressert en sauce. Il fait un signe de main pour lui dire stop ou continue, comme si un mot, une politesse, c’était déjà trop. Elle attend le geste, elle regarde sa main. Elle s’arrête quand il lève droit le doigt. S’arrête, c’est le mot pour parler d’elle. L’arrêt maladie de ma mère, ça fait six mois déjà. Le début de l’été. Les beaux jours, les kermesses, les barbecues dehors, tu parles. Nous, c’était la guerre intérieure. Les paroles noires de mon père.

Je reste jamais longtemps au dîner. Je fais genre je mange alors qu’en fait, je découpe la viande, j'éparpille, je planque sous la purée. Je remonte dans ma chambre et, pour pas penser à ma famille de naufragés, je me bloque sur Agathe. J'arrive pas à avancer. Plus rien ne me fait d'effet. Alors je zone sur internet. Je clique. J'atterris sur YouTube.

Le truc qu'avant je détestais au plus haut point.

Je clique sur EmmaSituations.

Vlog Break-Up. Challenge des 30 jours.

Mon rituel quotidien.

EmmaSituations et moi, même combat.

Elle sait ce que je traverse.

Yo tout le monde.
10e jour de vlog Break-Up.
Aujourd'hui franchement, ça va. Je tiens le coup. Grâce à vous.
J'ai quasi pas pleuré. Merci pour tous vos comm, sérieux,
ils me donnent une force de tarée. Vous savez quoi ?
La marque Jennyfer vient de me proposer un partenariat de ouf.
Ils veulent que je designe leur prochaine ligne. Le rêve, sérieux.

➡️ @Jennyfer_France ⬅️

GIF CLIC CLIC CLIC.
Merci @Jennyfer_France, sincèrement vous êtes les meilleurs,
je vous aime de trop.
Vous achetez chez eux, j'espère, mes follolo ?

➡️ ➡️

Faut que je vous raconte. On a fait du shopping cet aprèm
avec Felilix. Le mec est dingue.
JE HURLE. JE HURLE.
On s'est fait des boutiques de malade genre Beverly Hills
les amis. Draaaa.
Abonnez-vous au compte de mon Feli si c'est pas déjà fait.
Il m'a trop changé les idées today. Regardez ces sacs
de toute beauté. La carte bleue, elle a brûlé. Samedi,
je vous fais un haul en direct. Vous me direz quoi garder ?
Franchement, moi j'aime tout. Au pire, je garde tout ?
Bon, et j'oublie pas le ASK que je vous avais promis.
J'attends juste le bon moment pour le faire. Là c'est la course.
Et avec ce nouveau partenariat, faut que je trouve du temps.
Pop pop @Jennyfer_France
GIF love
GIF arc-en-ciel.

Pour le Q&A, vous pouvez toujours me poser vos questions.
Pas trop sur Jim s'il vous plaît, je veux passer à autre chose.
Et puis j'ai déjà suffisamment parlé de lui dans mes anciennes
vids. Le lien est là.
Là.
BIM.
Là.
BOOM.

GIF Bombe qui explose.
Unfollow-le.
J'rigole. Il a le droit de vivre sa vie.
Donc voilà, posez-moi toutes vos questions.
Vous me connaissez. Je vous dis tout, moi. Ici, c'est la famille.
Hein mes follolo ?

On va sur Paris la semaine pro avec toute la team.
Felilix, Lafillepasjolie, Jizz, LalaCookie, Barnaby qui vient de passer la barre du million d'abonnés. On va fêter ça là-bas.
Allez, je vous sors le scoop : on est invités au défilé Yves Saint Laurent !
GIF flash flash
GIF tapis rouge
Bruits d'applaudissements
Truc de ouf, non ? Ma première fashion week. Y aura Kylie Jenner, Cara Delavigne, la meuf de la série espagnole sur la prise d'otages. Franchement si y a Kylie Jenner, moi vous me connaissez, je vais décéder. Ou alors je lui saute dans les bras en criant idooooole ?
On fait ça, sérieux ?
Dites-moi ce que vous en pensez.
En tout cas, si à la fashion week j'arrive pas à oublier Jim, j'y arriverai genre jamais. Vous y croyez, vous ? Sérieux, c'est dur. Merci pour vos témoignages sur vos chagrins d'amour. Ça fait plaisir de voir qu'on est pas seul.
Allez je file mes follolo.
Faites-moi du comm et du like.

#Abonnezvous
Et vous oubliez pas ? La cloche est juste là.
Pour les nôôô-ti-fi-kay-shionnnes !
Kiss de moi à vous.

Vlog Break-Up. Challenge des 30 jours. ...

EmmaSituations S'ABONNER

SOLAL

– T'es sûr que tu veux pas venir surfer avec moi ?

– Certain. T'as vu l'état de l'océan ? Je suis déprimé, mec, mais pas suicidaire.

Même au fond du gouffre, Pierre me fait marrer. Il trouve toujours le bon mot, je sais pas comment il fait. Moi, j'ai pas le sens de la répartie.

– Tu m'aides ?

Pierre, qui était affalé dans le sable, se met debout en soupirant comme s'il était au bout de sa vie. Il remonte difficilement le zip de ma combi.

– On dirait un corset ton truc. Comment tu peux encore bouger là-dedans ?

– Normal, c'est une 6-4. Pour l'hiver, si je veux pas finir congelé, y a intérêt qu'elle soit épaisse.

J'enfile ma cagoule, mes chaussons, mes gants. Seuls mes yeux et mon nez dépassent. Pierre se fout de ma gueule.

– Tu sais que t'es sexy en grenouille…

Je voudrais trouver un truc spirituel à rétorquer. Comme d'hab, rien me vient. Je hausse les yeux au ciel, attrape ma Fish, cours vers l'océan déchaîné.

J'entre à l'eau. Putain de claque. Un filet glacé se faufile dans la combi. Dans quelques secondes, il se sera réchauffé, mais là tout de suite maintenant, c'est rude.

En même temps, faut bien avouer, j'adore. Je trippe encore plus d'aller à l'eau l'hiver que le reste de l'année. Y a que les purs qui surfent ces conditions. Ceux qui kiffent pour de vrai la glisse, l'adrénaline. C'est pas début janvier qu'on croiserait les petits surfeurs d'été. Ils se la pètent en se peroxydant le cheveu pour faire genre ils passent tellement leur vie à l'eau que leurs tifs sont décolorés. N'empêche que dès que ça se met à remuer un peu autour de la Toussaint, ils traînent plus leur couenne à Lacanau. Surfeurs d'eau douce…

La fine pellicule d'eau contre ma peau a tiédi. J'essaie de progresser vers le large, de gagner du terrain pour passer la barre. Les vagues cassent fort. Pas facile de lutter contre les déferlantes qui me repoussent vers le rivage. Mais je suis déter.

Je commence à ramer vers l'horizon. Premier canard. Je me retrouve expulsé de ma board, projeté sous l'eau qui bouillonne. J'attends que la vague soit passée puis je nage pour remonter à la surface. J'ai à peine le temps de prendre une bolée d'air que je dois replonger pour éviter de me taper en pleine tronche le mur de trois mètres qui se fracasse au-dessus de moi.

Trois fois, cinq fois, huit fois de suite. En apnée sous l'eau, plus rien n'existe que mon combat contre les vagues. Je chasse la pensée que je pourrais finir là, aspiré vers le fond. Incapable de remonter à la surface.

Je dois rester concentré sur le mouvement de l'océan. Ne surtout pas paniquer pour économiser mon souffle. Quand on flippe, le cœur pompe plus vite et consomme plus d'oxygène. Alors j'essaie de me détendre, même si j'ai l'impression d'être dans le tambour d'une machine à laver. Un vieux torchon qui se fait essorer en pleine vitesse. Comme Pierre en ce moment, depuis qu'il s'est fait larguer par Agathe. Avec moi il essaie de maintenir la face. Mais en vrai il est sous l'eau, lui aussi. Il arrive à peine à s'oxygéner. Je le connais par cœur, mon pote. Et là, il frise l'asphyxie.

Soudain, une légère accalmie. C'est maintenant ou jamais. Quand tu surfes, à la moindre ouverture, tu fonces. C'est un peu ma philosophie de vie, d'ailleurs. Quand on a une chance, faut pas la rater.

J'ai à peine quelques secondes pour passer la barre avant qu'une nouvelle série débute. Après, ce sera trop tard. Faudra que je me tape un autre cycle de lavage, avec essorage et tout le bordel. Je dois tout donner alors que je suis à bout de souffle. Sur ma Fish, je rame comme un dingue. Le sel me pique les yeux et j'aime ça. Le vent pince mes joues trempées et j'aime ça.

Putain, c'est vraiment puissant cet aprèm.

PIERRE

J'ai froid. Mon cul est plein de sable. Mes doigts fripés tremblent comme ceux d'une vieille prête à claquer. Pourquoi j'ai accepté de suivre Solal ?

VDM, quoi.

Au loin, mon pote est dans ses vagues, son océan, le pacha sur sa Fish, qui n'a peur de rien ni de personne, et moi je suis le vaurien assis dans les dunes. Je fais des coucous en agitant la main. On dirait une mère de famille. Youhou, je te vois je te vois, coucou, oui, c'est bien fiston, continue les pirouettes et laisse-moi en paix.

Dans ses rouleaux, Solal hoche le menton fièrement, je le vois bien qu'il regarde dans ma direction dès qu'il excelle. Alors j'agite le bras de plus belle pour le féliciter. Bravo amigo, bravo mon meilleur poto, t'es trop fort mais là, franchement si j'avais le choix, je serais replié dans le noir de ma piaule. Ou je chercherais une bonne falaise pas loin, histoire de sauter.

Je déconne. Je vais pas me liquider pour une pauvre meuf qui m'a téj. Pas pauvre, non. Juste une meuf, une chouette meuf. C'est pas parce que j'suis au fond du trou que je dois me transformer en gros con. Et puis si je décide de faire hara-kiri avec mon corps d'empoté, je m'y prendrai autrement. La falaise, non. J'ai horreur du vertige et si c'est pour se faire becqueter par des petits poissons à sale gueule, no way.

Les médocs ou la défenestration ?

Il me faudrait une mort rapide, un truc qui a de l'allure. Un coup de Trafalgar où les gens se disent : Ah ouais, le mec avait du cran, respect éternel.

Je me demande bien comment je m'y prendrais. L'électrocution ? Trop hardcore. J'ai pas le courage de finir en ampoule grillée. Se faire niquer par une attaque Daech ? Why not, une balle de kalach dans le ciboulot et c'est plié, ciao messieurs dames, je meurs dans la fleur de l'âge.

Sauf que non. Pas le bon plan, l'attentat. Pour se taper ensuite les vieux débats de connards racistes sur BFM, ça va merci.

Se jeter sur les rails du tram A ? Tu parles, le vieux machin qui avance à deux à l'heure. Même pas je me casse le gros orteil avec ça. Les gens me hueraient depuis leurs sièges, casse-toi, loser, va te torturer les ieps ailleurs.

Les rails d'un train alors ? J'avoue, tentant. Train à grande vitesse, le Bordeaux-Paris de 9 h 12, avec pour public, les cinq cents hommes d'affaires bien sapés avec leur attaché-case. Ce serait la classe. Le sale gosse qui se fout en l'air en mode théâtral : *Eyes on me, world*, regardez-moi faire mon cinéma.

Comme d'hab, la SNCF dirait : Ta-la-ta-la, suite à un accident de personne sur la voie B, le train trois mille… six cent… cinquante… trois… en direction de… Paris-Montparnasse subira un retard d'environ vingt-neuf heures et trente-quatre minutes, merci de votre compréhension…

La gueule qui trempe, mon poto se dirige vers moi. Il franchit d'un pas la laisse de mer, s'approche en courant.

– T'as vu toutes ces merdes que l'océan rejette ? Des canettes de Coca Zero ! Des bouteilles de javel ! Sérieux ? Ça me donne envie de me foutre en l'air.

Je ris comme un diable.

– Je crois que je réalise une chose. Les gens sont généralement médiocres et peut-être devrait-on exterminer toute l'espèce humaine, sauf nous.

– Ah ouais t'es toujours aussi dark qu'il y a une heure à ce que je vois.

– Tu parles ! Plus rose que moi tu meurs.

Solal se marre, se pose, la planche enfoncée comme un menhir. Il se rince la gorge à grandes lapées d'eau plate.

– On y va ? Le bus passe à 23. T'as vu un peu les tubes que j'ai gérés ? Pas fait de rouleaux comme ça depuis des siècles.

Je souris face au poto. Je ne lui dis pas que non, j'ai pas tellement regardé ses tubes, j'étais dans le Bordeaux-Paris à guetter la porte de sortie de ma vie.

– Bien sûr que j'ai tout vu, tu me prends pour qui ? Je suis ta cheerleader, darling.

AGATHE

– Les filles, je vous présente Estelle. Estelle, mes filles : Lola, mon aînée, et Agathe.

Je regarde ma sœur en mode tu savais ? #Cestquoicettetrahison. Visiblement, elle était pas plus au courant que moi que notre père allait transformer ces deux jours en famille en présentations officielles de mon cul.

J'aurais dû me douter que pour qu'il organise un week-end dans les vignes avec dîner et dodo dans un château, ça puait l'embrouille. En fait, il veut juste flamber devant sa nouvelle conquête. Pfff... Je veux même pas savoir quel âge elle a, son Estelle. Si ça continue comme ça, sa prochaine meuf sera plus jeune que Lola. Puis que moi. Sérieux, ça me fout la gerbe. #ausecours. #monpèreestunputaindecliché.

Ma sœur fait la gentille. Bonjour les cachetons qu'elle a dû s'enfiler avant de venir pour supporter le truc en mode zen. Bien sûr, le paternel est trop con pour s'en apercevoir. Et notre mère, trop égocentrée. Dans cette famille, y a que moi pour voir que ma sœur se barre à la dérive. Et qu'est-ce que je suis censée faire, hein ?

Je tourne le dos. Je vais faire un tour dans les vignes.

– Tu veux pas attendre qu'on pose nos affaires dans les chambres ? crie le padre derrière moi. On pourrait aller se promener tous ensemble, ce serait sympa.

"Sympa..." Nan mais comment il ose. Ce qui aurait été sympa, c'est que t'aies tenu ta parole, et qu'on fête les dix-huit ans de Lola sans que tu nous ramènes ta pute prépubère.

Je dégaine mon tél. Scrolle sur Insta.

Pancakes/oranges pressées pour Nadia.

Zack en mode wild, un verre à la main. What ?! Une teuf hier soir ? Où ? Chez qui ? Avec qui ? Avant Noël, j'aurais été invitée. Pourquoi je suis plus invitée ?

Je fais défiler les photos. J'essaie de recomposer la soirée. Y avait Lenny, évidemment. Pablo. Et Marco. Mais oui, je reconnais. C'est chez Marco. Je suis trop verte...

Je relève un œil. Furax. Y a que moi pour avoir une vie de merde ou quoi ?

Autour de moi, les ceps nus se découpent dans le ciel bleu. Je poste une tof, histoire de. #weekendausoleil #jekiffelhiver #maviedechateau.

Tout de suite, les likes et les comm pleuvent.

BabyGirl69 Waou ! Trop bôôô !

NadiaTheOnlyOne 🖤

Priscillia_etcaetera La chaannnce !

S'ils savaient…

Ça me donnerait presque envie d'appeler Benjamine. Elle, elle saurait dauber comme il faut sur mon père et sa pouffe. Sauf que depuis Noël, on est en froid. Quand je lui ai dit de faire gaffe avec Dweezil, de pas lui balancer de nudes d'elle, elle l'a super mal pris. Elle a dit que j'étais jalouse. Parce qu'elle sortait avec le plus beau des beaux gosses alors que moi j'avais réussi à lever qu'un pauvre rigolo avec une tache de vin…

Mon téléphone vibre, un bandeau s'affiche. Une actu de LorenzoLife !

Je rate pas une seule de ses vidéos. Je lui balance des pouces bleus et des comm par wagons. Peut-être un jour il me remarquera entre ses millions de followers ? Il est si parfaitement parfait ! Les mecs comme ça ils sont que sur YouTube ou quoi ?

WHAT ???!!! OMG c'est le plus beau jour de ma vie ! Dans huit jours, Lorenzo organise un meet-up à Bordeaux !!! Il l'annonce face cam à la fin de sa vidéo. Je suis joie. Je saute au milieu des vignes. Lorenzo sera là, devant moi, avec son sourire ravageur et sa mèche adorable. Mais il sera entouré de gardes du corps.

Non, pas forcément. Pas le genre à en avoir. C'est le mec simple, Lorenzo, la star modeste. Il a pas besoin de ces artifices, il est comme nous. C'est pour ça que je le kiffe tant.

Lorenzo débarque dans huit jours. Le compte à rebours commence. Il faut absolument qu'il me remarque parmi la horde. Parmi toutes ces filles prêtes à tuer père et mère pour l'avoir dans leurs bras.

Je dois être l'élue. La seule.

Je ferai tout pour.

PIERRE

Nn jsp ptn.

Sérieux, tu as quoi contre les voyelles, darling ?

???

T'as vu comment t'écris ? On dirait que t'es à la guerre, en période de rationnement ?! Tu gagnes combien de temps à enlever deux lettres à un mot qui en compte quatre ?

T relou Pierre. Bon tu sors ou pa ?

Ce soir ? Nope. Envie de rien.

Di moi pas que t encor au fon du trou ??? Ca fé 7jr là.

Je te jure, tu veux pas écrire mieux ? Tu me files des glaucomes là.

Sors ac moi et arrête de te plaindre, tu va pas faire une dépression pour 1 meuf.

Je fais pas de dépression, mais j'ai envie d'être OKLM. WESH.

Sale bâtard, tu fé que me planter, jpp de toi.

Moi aussi, je t'aime. On se voit demain au bahut. Je commence à 10h mais on se verra à la pause, darling.

Quand je repose mon téléphone sur la table de chevet, c'est tout le bahut que j'ai l'impression de balancer loin de moi, entre mon paquet de kleenex et mon radio-réveil Cars (j'ai eu huit ans un jour, qu'on me pardonne).

Ça fait du bien de penser que ça peut s'arrêter. Le bruit. Les histoires. La bande des potes et des abrutis. Même Solal, mon meilleur ami à la vie à la mort. J'ai besoin de calme. J'ai besoin de faire un trou au milieu de nulle part et de m'y planquer jusqu'à la fin du monde.

Sauf que ma vie à moi, c'est du bruit en veux-tu en voilà. À la baraque, avec les gueulantes du père. Au bahut, à cause de ce que j'ai sur le visage. L'angiome. À la place, on parle de tache de vin parce que c'est bien plus dégueulasse dit comme ça. Mon angiome à moi, il part de l'œil droit, s'embarque tranquille sur le pif en mode je fais du skate sur ta gueule, Pierrot chéri, et redescend pépouze sur la joue, allez roulez jeunesse.

Quand je regarde mon angiome dans le miroir, je vois un pays. Un mix entre l'Espagne et la pointe de l'Afrique. Un pays où le président c'est moi, vous êtes sur mes terres, payez mes taxes.

Franchement, on dirait du travail d'artiste. Pas du Monet, l'angiome, mais j'aurais pu tomber sur pire. Avoir une tache de vin qui forme un cul, une bite ou une croix gammée.

On m'appelle la Tache depuis que je sais marcher. La Tache, c'est plus qu'un surnom, c'est mon identité. Le mec à tache en primaire sur les photos de classe où tout le monde a une gueule d'ange. Le mec à tache dans le restau ou entouré de collègues dans le bureau de verre où je bosserai jamais.

Mon angiome, peu importe ce que le monde en dit, j'ai appris à l'aimer. Pas le choix. Faut bien se roder parce que sinon, bonjour la tuerie. Mon père me le répète assez souvent comme ça : "T'as vu ta tache, Pierre, franchement c'est gros là, si, si, ça grossit, tais-toi Céline, je te dis que ça grossit, regarde son nez, bon ça te donne un genre au moins, une bonne petite personnalité, hein mon fils ?" Je dis rien à mon père. Je hausse les épaules, serre les poings et dans ma tête, je lui mets des patates en pleine tronche en lui disant : Tu sais ce qu'il te dit, la bonne petite personnalité ?

Quand le daron se fait la malle au bistrot, ma mère me rassure. Elle me confie qu'il exagère et, pour me donner du baume au cœur, elle me propose : "Si tu veux, on ira voir des cliniques, on pourrait peut-être faire des rayons laser, j'ai un peu d'économies maintenant, on dit rien, ça reste entre nous, ton père n'a pas à tout savoir."

Je réponds : "Non merci garde ton argent, j'aime bien ma tache, je suis la Tache et c'est comme ça." Je sais que ça lui fait de la peine, alors j'enchaîne avec une vanne : "Après tu réalises, je serais trop beau gosse, pas permis, je dois laisser aux autres, tu crois pas ?" Maman rit.

Forcément, avec mon Espagne au milieu de la tronche, j'ai dû composer très vite. Devenir le marrant de service. Celui qui dégaine la vanne plus vite que son ombre. Avec l'humour, j'ai compris qu'on peut tout faire passer. N'importe quelle tare, n'importe quel pied bot d'éclopé, n'importe quelle tristesse de mère esseulée.

Mais depuis dix jours, mon stock de blagues est en pénurie. Je pense à Agathe, mate ses stories, vois qu'elle traîne avec Eva et que Benjamine disparaît de sa vie numérique. Je passe mes soirées à me demander pourquoi, me faire des films, alors je repasse ses posts en boucle et tant pis si la société me taxe de stalker à la masculinité toxique.

Pour me changer les idées, je me tire d'Insta et retourne sur YouTube, mon abri rouge. EmmaSituations n'a rien posté depuis hier soir. Pas le choix, je pars à l'aventure. Je m'enfonce dans les sables mouvants des vidéos et si quelqu'un m'entend, pitié, faites qu'on me sorte de là.

> Hello tout le monde, j'espère que vous allez bien.
> Moi ça va, alors j'espère que vous aussi sinon je suis triste.
> Aujourd'hui, petite vidéo unboxing toute belle toute chaude
> – LOL, j'en dis des conneries sérieux.
> Je refais, allez ?
> Bip. Coupé.
> Prise 2.
> Hello tout le monde, j'espère que vous al-lez bi-en !

Ça faisait bien longtemps que j'avais pas fait un petit unboxing dans les règles de l'art et aujourd'hui, je vous le dis, c'est du lourd.
Un unboxing, plus *gorgeous*, tu meurs.
Bruit de cloche en fond.
Il s'agit d'un truc que je voulais absolument tester. On en parle partout sur les réseaux, ça cartonne de ouf, je le vois sur toutes les vidéos des youtubeuses américaines, c'est THE fer à lisser !
Bruits de déballage.
GIF HELP HELP.
TADA.
Le fer à lisser, le voilà.
Bon franchement, la boîte, c'est du basique, je suis déçue.
Mais…

Le plus pourri Unboxing de ma vie. …

PetiteMeufSensasse S'ABONNER

Un fer à lisser franchement, Pierre ?

Es-tu à ce point au fond du gouffre pour te taper un Téléshopping en rediff ? Tu mérites mieux, gars.

Je clique sur le troisième lien à droite.

Bienvenue à toi, jeune athlète, sur la chaîne WorkWorkOut Channel. J'espère que tu vas bien.

Mais pourquoi tous les youtubeurs demandent si on va bien ? C'est une clause dans le contrat YouTube ?

> Aujourd'hui, on se retrouve pour un petit unboxing en famille.
> Y a pas longtemps je vous présentais la nouvelle paire
> de chaussures que j'ai utilisée lors de ma saison basket
> car oui, mon petit, si tu le savais pas, si tu dors dans
> une grotte, j'ai repris le basket donc ça fait plaisir.

Euh, c'est qui ce type ? WorkWorkOut ? Il parle en vitesse cocaïne et ses bras font la taille de mes cuisses.

> Aujourd'hui je vous unbox des pompes un peu spéciales.
> Parce que c'est la même paire que celle d'un youtubeur
> français qui sévit sur la scène du YouTube Game français.

Merci les redondances, gars, je bâille. T'écris pas ta daube sur un papier avant de te filmer ? Tu devrais. Bon, allez, je me concentre. Qu'a donc de spécial cette paire de baskets ? Est-elle magique ? Est-ce qu'en la mettant, on se transforme en elfe ou pire en youtubeuse beauté ?

> Donc l'objectif de cette vidéo, jeune athlète, c'est de te faire
> faire des petites devinettes pour savoir si, bah, tu connais
> les chaussures en gros.

Wow. Tu es fascinant, WorkWorkOut.

> Première question : est-ce que tu vas deviner la marque
> des chaussures ? Là, je donne pas d'indice. Ceux qui
> réussissent ici, ils sont chauds. Et les autres, d'après vous,
> est-ce que j'ai des Nike ? Des Adidas ?...

Il est sérieux, WorkWorkOut ? Il a déjà pensé à être animateur de camp de vacances ? Il mettrait l'ambiance à tout un peuple de dépressifs.

Allez on commence par la basket de Greeko Basket Freestyle.
Sa chaussure, c'est tout simplement des Jordan B-Fly.

Les Jordan quoi ? J'hésite à envoyer un texto à Solal. Il me dirait : "Sûrement ces parpaings atroces que portent Dweezil, Paul et compagnie."

Les Jordan, comme vous le savez, ça déchire. Greeko Basket Freestyle, il les a en deux coloris. Il a des noires. Et des bleues.

Skets et compagnie. ...

WorkWorkOut S'ABONNER

Stop. J'arrête le supplice. Pourquoi je m'inflige ça ?

Autant descendre et écouter les horreurs de mon père devant son BFM.

À droite pourtant, j'aperçois un lien dont le titre me fait rire.

"Les trucs que j'ai eu trop honte d'acheter."

Et saluuut la compagnie. J'espère que vous allez bien.
On se retrouve aujourd'hui avec une petite vidéo pour
vous raconter tous ces trucs que j'ai achetés au cours
de ma petite vie et que j'ai AMÈREMENT regrettés par la suite.
La première chose, je me lance direct, c'est ça.

Mais qu'est-ce que c'est que ce machin ? Un godemiché ? Un instrument de torture ?

Oui je vous entends d'ici faire des bonds dans votre canapé.
Ceci est un objet-gadget que j'ai acheté quinze euros
au Diable-Amazon. Il s'agit d'un objet vibrant.

Ah, j'avais raison.

Ça fait clairement le bruit d'un vibromasseur mais
détrompez-vous, c'est un objet pour le visage, ça sert
à énergiser la peau, créer des stimuli, accélérer la circulation
sanguine tout ça tout ça. Au bout, on a même une petite
barre recouverte d'or 24 carats.
Donc on est d'accord. Cet objet ne sert à rien. Si tu veux,
de façon totalement gratuite, un petit stimuli sensoriel,
tu prends ton doigt et tu te masses les joues. C'est rapide,
et ça coûte que dalle.

Mes pires achats ...

Natacha S'ABONNER

Je me barre de la vidéo. J'ai ri une fois et demie.

Avant de me pieuter, je prends conscience d'un truc. Si je veux rire, peut-être que c'est à moi de filmer mes dingueries. J'aurais six followers et demi, des commentaires à chier et peut-être que ça me ferait oublier ce chagrin d'amour.

J'écris à Solal pour lui suggérer l'idée.

Il me répond ça.

😱⚰️🤮

C'est dire son enthousiasme.

Tu me trouves pas drôle, ma biche ?
Tu crois que je peux pas test
avec KiwiKiwi et FormuleMozza ?
Moi aussi, je connais des noms
de fromages.

Il me répond du tac au tac.

O contraire. T au-dessus, frère.

Sérieux, chiche ?

J'adore ce mec. Solal dit chiche comme un môme attardé qui ne sait pas nouer ses lacets. Et je lui réponds, gamin attardé forever.

Chiche chiche baby.

AGATHE

Le père nous largue en bagnole au bout de la rue. Devant sa pouffe, il se la joue mec parfait :

– Les filles, vous embrasserez votre mère pour moi. Je compte sur vous.

Mais ouais c'est ça, compte sur nous… Je claque la portière en pensant : Bon débarras.

Chez maman, ça vaut pas mieux. Notre appart est enfumé d'encens en mode temple bouddhiste un jour de fête des ancêtres. Ma mère squatte le salon dans un truc en soie informe à motifs marron, une tenue de méditation, j'imagine. Assise en tailleur sur son tapis de yoga avec son mini-gong à portée de main, elle nous dit pas bonjour quand on se pointe. Elle ouvre même pas les yeux. Désolée les filles mais le nirvana c'est trop loin pour que je puisse redescendre dans votre existence bassement matérielle…

Quelle famille de tarés, je te jure.

Revenir au bahut lundi matin me paraît presque reposant. Sauf que devant la grille, qui j'aperçois ? Pierre. Je sais pas ce que j'ai fait dans une vie antérieure, mais bonjour le karma de merde. Pourvu que ce soit pas moi qu'il attende. Parce qu'autant dire que mon quota patience a été largement épuisé ce week-end.

Je trace à l'intérieur du bâtiment. Le regard de Pierre se pose sur moi quand je passe dans son radar mais il cherche pas à me faire signe. Heureusement.

D'après Lenny, le "pauvre Pierre" se remet pas de notre rupture. J'ai envie de dire : Ça va, on va pas non plus sortir les violons. Avec Pierre, on est restés neuf jours ensemble. C'est pas comme si on en était à établir notre liste de mariage.

Et puis je suis pas Mère Teresa. Au début, j'ai essayé d'oublier sa tache. Pour de vrai. Je fermais les yeux quand je l'embrassais et tout. Mais dès que les rouvrais, elle était toujours là. Je voyais qu'elle. Et je suis pas la seule. Quand j'ai montré une tof de Pierre à Lola, elle m'a dit direct :

– C'est qui ce streum ?

– T'exagères, j'ai répondu. C'est pas un monstre. Il a juste une tache. À part ça, il est mignon.

– Fais gaffe, Agathe. Une réputation, ça se construit pas à pas. T'as pas le droit à l'erreur. Si t'acceptes de te taper un mec de seconde zone, tu te déclasses. Et après, tu peux dire adieu aux beaux gosses. Plus jamais ils voudront de toi.

– Pourquoi ?

– Réfléchis. Ils ont aucune envie d'être mis sur le même plan qu'un moche. Ou même qu'un demi-moche, comme ton Pierre, là.

Lola, pour ces trucs, on peut lui faire confiance. Question mecs, sa vie c'est un sans-faute.

Alors j'ai pas hésité. Le lendemain de la discussion avec Lola, j'ai largué Pierre. C'est peut-être rude, mais qu'est-ce qu'on y peut. *Life is a bitch.* Chacun sa peau.

SOLAL

Pierre a à peine franchi le seuil de chez moi que mon père dit :

– Alors comme ça, Solal et toi vous vous lancez dans le cinéma !

Pierre fait sa tête de carpe.

– Le cinéma, euh…

Je réponds à mon père en lançant un regard appuyé à mon pote.

– Ouais, c'est ça. Pierre et moi on va faire un petit court métrage.

– C'est formidable ! Vous avez raison. La meilleure manière d'apprendre ce métier, c'est sur le tas. En mettant la main à la pâte. Moi aussi, j'ai commencé comme ça, avec une bande de copains. Sauf qu'à mon époque, il n'y avait pas de caméras numériques. On tournait en pellicule, alors autant vous dire que…

– Papa, c'est bon, on va pas remonter à la guerre de 14 non plus.

– Merci Solal, sympa !… Ah je vous jure, faites des gosses… Bon, bah, je vous laisse. Amusez-vous bien. Pour dîner, y a une pizza au congél'. Vous connaissez la recette…

– C'est quoi cette histoire de cinéma ? Pierre me demande une fois qu'on se retrouve dans ma piaule.

– C'est ce que j'ai dit à mon père pour qu'il nous prête son matos. Si je lui avais expliqué que c'était pour YouTube, il aurait jamais voulu. YouTube, pour lui, c'est trop naze. Limite le diable. Et nous, on se serait retrouvés avec les vids toutes cheum de nos téls.

– Sans déc', ton père t'a refilé son matos pro pour qu'on tourne notre vidéo ?!

J'acquiesce, fier.

– Caméra, micro, et même des projos ! Un puissant et un d'appoint. Il m'a montré vite fait comment les placer.

– Waou, t'as assuré.

– Qu'est-ce que tu crois, mec. Pierrot déboule sur YouTube. Ça va chier pour FormuleMozza et les autres fromages !

Rien que pour le smile que je vois s'afficher sur la tronche de Pierre, je me dis que j'ai bien fait d'enjoliver les choses auprès de mon père. Des jours que j'avais pas vu mon pote sourire comme ça.

– On s'y met ? je reprends. Comment tu vois le truc, ma poule ?

– Cyrano de Bergerac, ça te dit quelque chose ?

– Ouais. Mais qu'est-ce qu'une pièce de théâtre ringarde vient foutre sur YouTube ?

– T'as vu ce que j'ai sur la tronche ?

– Je vois encore moins le rapport.

– Réponds. T'as vu ce que j'ai sur la tronche ?

– Non, qu'est-ce que t'as sur la tronche ?

– Bien sûr que si tu vois ce que j'ai sur la tronche.

– Ta tache ?

– Ouais.

– Et alors ?

– Et alors ma tache, c'est le nez de Cyrano.

Je commence à capter. Pierre continue à me déballer son idée.

– Impossible de pas voir ma tache. T'imagines comme je risque de me faire pourrir à cause d'elle ? Alors plutôt que de faire comme si elle existait pas, elle devient ma marque de fabrique. Tu piges. Donc mon nom de scène ?

– Euh... Pierre la Tache ?

– La Tache, tout court. Ça claque. On se demande pourquoi un mec se dévalorise dans son pseudo, donc potentiel buzz inversé.

– C'est couillu.

– Et ma première vidéo, je la fais sur ça. Pas en mode je suis seul dans ma chambre minable et je souffre parce que j'ai une tare qui se voit comme le nez au milieu de la figure, alors pliiiiz balancez-moi votre like et tout ira mieux. Non. Le concept, c'est : je parodie la tirade du nez de Cyrano. Tu te souviens ? Un type se fout de la gueule de Cyrano en lui disant que son pif est gros. Et Cyrano enchaîne en lui répondant qu'il manque d'imagination. Y a bien plus à dire sur son nez que juste “il est gros”. Et là, il déroule plein d'idées en mode agressif, sympa, curieux, tendre, de comment le type pourrait se moquer de lui de manière plus stylée... Bah moi, je vais faire la même chose avec ma tache.

– T'sais quoi Pierrot ? T'es un génie !

PIERRE

Je déteste le dimanche. Le dimanche, c'est daron's day. Encore le samedi, le père a des occupations à droite à gauche. Mais le dimanche, il est non-stop à la maison. Il a aucune passion. Rien pour le distraire à part nous faire chier. Même pas du vélo. Je dis pas que ce serait un trip de ouf de s'épiler les jambes, de foutre un short en lycra moulant et un casque d'alien sur la tronche, mais au moins il dégagerait de notre vue pendant quelques heures.

Alors quand je reçois le texto de Solal, "Ma poul G du lourd à te montrer !!", j'ai l'impression qu'on ouvre la porte de ma cage. J'hésite pas deux secondes. Aussitôt, je suis prêt à déguerpir. Sauf qu'évidemment, le père pointe sa face.

– Encore chez Solal ?! T'y étais déjà hier soir. Tu projettes de t'installer chez lui ? C'est toujours mieux chez les autres…

– On a notre exposé d'anglais à finir et comme on a commencé chez lui, c'est plus pratique.

Le père me scrute au rayon laser. En mode détecteur de mensonge. Face à lui, à force, j'ai appris à paraître.

– Vous êtes pas pédés au moins ?

Je serre les mâchoires pour ne pas exploser. Dans ma tête, je me répète : C'est juste une provocation de plus. Je dois pas réagir, il attend que ça pour me bondir dessus et m'empêcher de partir. Je dois être plus intelligent que lui. Ne pas me laisser piéger.

Alors j'éclate de rire et, d'un air que j'espère complice, je lui dis :

– Mais non papa ! Bien sûr que non.

À peine franchi le seuil de la maison, je trace. Je cours jusque chez Solal. Ça me fait du bien de me défouler, même si j'arrive en nage.

Solal m'entraîne vers sa chambre, m'assied devant son ordi.

– Ouvre bien les yeux, mec, c'est de la bombe ! T'es prêt ?…TADA !

Il clique sur PLAY et ma gueule apparaît en grand, plein pot.

– Naaaan… J'hallucine, t'as déjà fait le montage ?!

Solal me répond par un clin d'œil. Et sur l'écran, ma gueule se met à parler.

Salut les geeeens ! Alors je vais pas vous demander
si vous allez bien parce qu'en vrai on s'en branle, non ?! Ha ha.
Enfin disons qu'on sait tous que si vous êtes là, à traîner
sur les internets mondiaux, c'est que vous êtes pas en train
de vous taper la petite meuf ou le gars de vos rêves, hein !

Waou, c'est spé de me voir comme ça... C'est moi, et pas tout à fait. J'imaginais bien que ça serait rude de voir ma tronche à l'image. Mais le pire, c'est ma voix. Elle est cheloue. J'avais l'impression qu'elle était plus grave.

Bon, parlons peu parlons bien comme diraient les vieux !
Ha ha. Le sujet du jour, c'est... ma gueule ! Plus exactement,
ce truc violet immonde que vous matez tous depuis
que je me suis affiché sur vos écrans. Ma tache, quoi.
Alors je vous propose. Aujourd'hui on en parle un bon coup,
on se dit tout ce qu'on peut dessus, et après on passe
à autre chose. OK les geeeens ?!

Essai vidéo ...

La Tache S'ABONNER

On frappe à la porte de Solal. Son père entre. Solal continue à regarder la vidéo comme si de rien n'était. J'ai envie de lui dire Hé ho, mec, réagis ! Y a ton daron qui se tape l'incruste là.

Comme Solal fait rien, j'appuie sur PAUSE.

– Alors, t'es content de ta vidéo ? me demande son père.

À ce moment-là, je percute qu'en fait, son daron l'a déjà vue. Je mitraille mon pote du regard. D'où il a montré ma vidéo à son père ?

Je réponds rien, le père enchaîne :

– Évidemment ce n'est qu'un début. Ça se sent que tu te cherches. Mais tu passes bien à l'image. Tu as le contact facile, on a envie de te suivre. Et puis ton propos est courageux. Franchement, bravo Pierre.

D'un coup, je blêmis. Autant les engueulades et les pétages de plomb, j'ai l'habitude, j'ai fini par me blinder. Mais les compliments…

J'ai limite la larme à l'œil.

AGATHE

OMG OMG ça y est !! C'est le JOUR J ! Le jour du meet-up ! J'ai cru que jamais le temps passerait tellement j'étais impatiente. Mais on y est. Dans quelques minutes, Lorenzo sera là. En chair et en os.

Autour de moi, la foule est dense. Des filles, surtout. Je fais partie des plus vieilles. Mais des plus belles. Je vois pas pourquoi j'aurais pas mes chances avec Lorenzo. Il a mon âge, il aime les mêmes choses que moi.

Dans la file d'attente monstrueuse, y a quelques mecs aussi. Certains sont coiffés comme Lorenzo, avec les cheveux aux épaules et le serre-tête. Mais ils peuvent pas test. Aucun n'a ses boucles de Brésilien dans lesquelles je rêve de glisser mes doigts. Aucun ne lui arrive à la cheville.

Le hall du centre commercial est bondé. Je vois pas grand-chose. Pourtant, je suis arrivée deux heures en avance pour être devant. Limite j'aurais pu planter ma tente.

Déjà trois ou quatre mètres de gens entassés me séparent de l'estrade. J'essaie de me faufiler dans la mêlée. Je pousse des coudes et des pieds. Je fais la sauvageonne mais pas le choix. Je veux surtout pas qu'on me pique la place.

D'abord un murmure, un bruissement. Puis le volume grimpe d'un coup et les cris fusent.

– Lorenzo ! Lorenzo ! Lorenzo !

Tout le monde scande son nom. Je brandis mon téléphone, bras levé, pour filmer l'arrivée de mon idole. Si je vois presque que dalle à part le haut de ses cheveux divins, mon téléphone verra le reste. Et je pourrai zoomer, me repasser le film au ralenti...

Lorenzo débarque avec sa team. Deux meufs géantes façon girafes, un garde du corps sapé tout en jean et sa mère. C'est trop mignon. Lorenzo est hyper famille. Moi aussi je voudrais bien l'être si j'avais pas un clan moisi.

Lorenzo nous filme en nous faisant coucou. Alors je me redresse sur la pointe des pieds. Quand il se repassera le meet-up, peut-être qu'il me distinguera dans la foule et que lui aussi zoomera sur moi ?

Ambiance hystérie. Les gens poussent, applaudissent, hurlent. Un type apporte un micro. Lorenzo l'approche de sa bouche. Je donnerais tellement pour être son micro ! Qu'il me serre entre ses doigts, qu'il glisse son souffle tout au fond de moi.

Et sa voix résonne soudain.

– Hello Bordeauuuuuuux !!!

– Hellooooo ! Lorenzo ! Lorenzo !!!

– C'est trop cool qué vous soyez vénous si nombreux. Merci merciiii. Sérieux, c'est complètement ouuuuf !

– LORENZO, LORENZO !!!

Une voix suraiguë perce par-dessus le bruit.

– Je t'aiiiiime !!!

Lorenzo sourit, met une main sur son cœur, genre trop modeste.

– Moi aussi jé vous aime.

Lorenzo fait un cœur avec ses doigts. Il est tellement craquant !!

– Alors les gens, on est ensemble pour deux heures. Aujourd'hui vous êtes trèèèès nombreux… et surtout trèèèèèès nombreuses, ha ha. Donc on s'y met ?!

– OUIIIIIII !

– Jé vous attends à la table.

Ça presse de partout. La sécurité intervient pour canaliser le public. Lentement, ça s'organise. Une file se met en place. Les gens montent sur scène, un autographe sur la photo de Lorenzo, un selfie avec lui, et hop, au suivant ! Plutôt, à la suivante.

Je suis en transe. Ça pue la sueur et la folie. Bande de miskinas, calmez-vous, vous n'êtes que des figurantes.

Centimètre après centimètre, j'avance vers lui, et mon cœur accélère. J'essaie de calculer combien de temps il me reste avant de croiser son regard, avant de le toucher. Comment tenir ?

L'estrade se profile. Plus qu'une dizaine de personnes devant moi. Maintenant, je le vois bien. Je reconnais chaque trait, chaque parcelle de sa peau. Je sors mon téléphone pour tout capter. Tout immortaliser.

Plus que quatre personnes. Trois, deux… Putain.

– Salou.

– Salut !

Lorenzo est là, à portée de main. Mais j'arrive pas à croiser son regard. Il est assis et moi debout, je le regarde de haut, je déteste ça.

Il attrape une photo studio de lui sur une grosse pile.

– Ton nom c'est quoi ?

– Agathe.

Faut que je fasse vite. Il m'a toujours pas regardée. Il a toujours pas vu le chemisier de la mort que j'ai acheté pour lui.

– Tiens, je t'ai apporté des cadeaux. Pour un swap. J'espère qu'ils te plairont.

Dans un petit sourire, il chope mon sac, nos peaux se frôlent et mon Dieu, je vais défaillir.

– Merci.

Il pose mon gros sac tout plein de goodies à côté de lui, sans même y jeter un œil. C'est normal, il a du monde à voir. Heureusement que j'ai marqué Agathe sur le sac… Lorenzo est à trente centimètres de moi, il est encore plus beau, plus tendre, plus souriant que sur ses vidéos.

Faut que je lui dise un truc. Un truc mémorable.

Alors qu'il m'écrit un petit mot, son assistante girafe prend mon sac sans un regard pour moi et l'empile sur une montagne de cadeaux, de messages, de photos de fans. Malgré tout, j'y crois. Je me dis que j'ai mes chances. Je me suis maquillée comme jamais, j'ai un regard de tueuse, une bouche à déclencher des bombardements.

Moi aussi, je dégaine la photo.

Je la sors de ma poche.

Cette photo, je l'ai prise y a huit jours quand j'ai su qu'on se verrait enfin, Lorenzo et moi. Devant l'objectif, j'ai cherché la meilleure pose possible, suggestive mais pas slut. Je voulais lui montrer mon âme, mon regard, alors après quatre-vingts selfies, j'ai trouvé le bon angle pour lui dire : Regarde-moi, on pourrait s'aimer, même si je suis qu'une fan, je suis déjà plus que ça.

Je tends la photo à Lorenzo. Ça va très vite, je sens le regard de son crew sur moi : Déguerpis de là qu'ils me disent, y a toute une ville derrière toi. Mais je grappille quelques secondes, ils savent pas, eux.

Lorenzo a ma photo, il va la garder, j'ai mis mon 06 derrière et mon Insta. Franchement j'y crois. L'une des girafes s'approche, c'est mort, j'ai plus que trois secondes avant de finir dans les catacombes.

J'ouvre la bouche mais mon cœur bat tellement vite que je crois que je vais décéder.

– Je t'aime trop, t'sais.

Est-ce qu'il a entendu ? Il ne montre rien. Il se lève, me met une main autour de l'épaule. Mon épaule brûle, fond, mon épaule est une flaque d'eau chaude. Je voudrais avoir une baguette magique, arrêter le temps.

La girafe dit :

– Pour un selfie, c'est maintenant. Vous le voulez oui ou non ?

Docile, tremblante, je brandis mon téléphone. Lorenzo est contre moi, je sens son odeur de star, ça n'a rien à voir avec une odeur de mec lambda. Près de lui, je prends une jolie pose, la même que dans ma piaule. J'y mets tout ce que j'ai. Notre premier souvenir.

J'appuie sur le déclencheur.

CLIC.

Le temps que je remballe mon tél, Lorenzo est déjà rassis, la tête tournée vers la fan suivante.

J'avance vers le côté, vers la sortie. Je me sens pleine. Je me sens ivre. Si Lorenzo l'a ressenti, il va se retourner. Il va tourner la tête vers le couloir étroit où je marche au ralenti.

Mais je l'entends dire à la pimbêche, avec son accent à mourir.

– Salou !

Et la petite pouffe mitraille en retour :

– Salut Lorenzo. T'es trop trop génial. Je t'aime tellement de ouf !! Hi hi !! Tiens, je t'ai apporté des cadeaux. Pour un swap.

PIERRE

Je rentre, le matos du père de Solal sous le bras. Limite ça me fait retrouver foi en l'humanité des darons.

Sur la route qui mène au lotissement, je m'imagine déjà ailleurs, face caméra, à débiter mes conneries. Je passe le seuil de la porte. Sous l'halogène, le paternel m'attend. Ses bras en croix, sa gueule enfarinée des sales jours.

– T'étais passé où ? Tu as vu l'heure ?

– Désolé, p'pa, j'étais chez…

– Je m'en fous, je veux pas entendre tes bobards. Tu crois que tu peux faire ce que tu veux, t'as vu quel âge t'as ? T'es chez moi, tu vis selon mes règles.

Sous le flot paternel, je me la ferme. Je fais l'autruche, comme ma mère. Pas bouger, pas moufter pour ne pas attiser les flammes. La moindre réplique et le daron partira au quart de tour, ses yeux s'exorbiteront, ses narines s'ouvriront comme des vannes, sa colère prendra tout le volume de la baraque, et comme d'hab, il serrera son gros poing face à nous avant de l'encastrer dans la première paroi.

Je baisse la tête. Je le laisse gueuler comme un putois. Mais aussitôt il m'arrache le sac des mains pour fouiller à l'intérieur.

– Attention, c'est fra…

– Qu'est-ce que tu dis ? Fragile ? Ferme-la un peu. Je t'ai assez vu, monte dans ta chambre. Tu laisses ça là.

– Non steuplé. C'est pour les cours.

– Pour les cours ? Une caméra ? Je sais pas ce que tu trafiques mais ton petit bizz, ce sera pas sous mon toit.

– On doit se filmer pour un exposé en éducation civique. Interroger des gens dans la rue.

– Ah ? Bon. Et le sujet, c'est quoi ?

– Les migrants.

– Tiens comme d'hab. Et tu vas jouer les samaritains sur les trottoirs, c'est ça ? Dire qu'il faut tendre la main à ceux dans le besoin ? Ça me fait gerber. Tu verras quand tu auras mon âge, quand tu te feras piquer le boulot par des mecs qui viennent de Pétaouchnok et qui acceptent de se faire payer au lance-pierre parce qu'ils n'alignent que trois mots de français, tu verras ! La vie c'est la jungle, si tu te sers pas en premier, tu te fais bouffer.

J'écoute mon daron, du moins je lui fais croire. Je hoche la tête : Oui papa, t'as raison, c'est vrai papa. Son poing se desserre, ses narines se dégonflent. Au loin, ma mère s'affaire bruyamment dans la cuisine. Je sais qu'elle entend tout, que les bruits qu'elle s'autorise avec les casseroles me sont adressés, pour me dire : Courage, tiens le coup, il va se calmer, ça va passer.

Je sais que ma mère est incapable d'intervenir, sa main est crispée sur l'anse froide d'une cocotte, elle a les jetons que ça monte d'un cran et que je m'en prenne une, à mon tour. Elle compte les jours avant que je sois officiellement la cible du père. Je sais aussi que ça viendra. Je sais qu'un jour, il me fracassera.

D'un geste, le père me lance le sac dans le bide.

– Tiens, reprends ton fatras. Mais la prochaine fois, tu rentres à l'heure ou tu rentres pas. Je veux pas élever un cas social.

En montant, j'ai les guibolles qui se ramollissent. L'après-coup, toujours. Incapable de penser à autre chose. Impossible de reprendre mes esprits après l'ouragan Ordure. En vrac, je m'étale sur ma chaise de bureau, mes mains sont moites et mon corps révulsé. Pendant combien de temps je vais accepter que le père me traite comme ça ?

En installant le matos face à mon bureau, je me pose cette question dans tous les sens. Combien de temps ça va mettre ? Combien de temps avant que je parte ? Avant que ma mère s'en aille ? Avant que mon père commette un drame ?

Au lieu de raconter Agathe, mon chagrin de morveux, je commence par ça. Je crache mon histoire de famille comme on recrache un morceau de viande avarié. Solal m'en voudra pas si je me sers du matos sans lui. Solal ne sait pas ce qui se passe. Est-ce qu'il a des doutes ? Le jour où j'oserai lui raconter, mon meilleur ami comprendra.

J'allume la caméra, je vois ma gueule vulnérable apparaître sur l'écran amovible. Le bouton rouge signale que c'est à moi de parler. Pas de YouTube, pas de like, pas de Cyrano rigolo. Juste la caméra, mon histoire de merde et moi.

SOLAL

– Qu'est-ce t'as, frérot ?

– Bah rien, pourquoi ?

– T'as une sale gueule.

– Ça fait plaisir.

– Non mais j'dis pas ça méchamment, t'as vraiment une sale tête. T'es malade ?

– J'ai veillé tard.

– Ça se voit, t'as des cernes de ouf.

– Oui bon ça va !

Sur la place près de l'église gothique où on se retrouve chaque matin, Pierre me jette un regard glaçant. Vexé, le bougre. Le gai luron a laissé son costume de clown au vestiaire. Ça lui arrive parfois. Pas souvent-souvent mais quand même. Plus de vannes. Le mutisme qui débarque. Pierre traîne les jambes, les bras. Un pantin.

Si ça se trouve, mon pote est bipolaire.

J'essaie de changer de conversation pour pas qu'on marche comme deux crevards vers le bahut.

– Et donc ça va ?

– Oui je te dis.

Niveau transition subtile, je suis fortiche. J'ai pas le bagout de la cousine Benjamine.

– Tu finis à quelle heure aujourd'hui ?

Et paye la banalité que je lui sors. Pourquoi ne pas non plus lui parler du temps qu'il fait ?

Sauf que Pierre me répond.

– Je finis à 15 heures. Je présente l'exposé, là, avec Milo et la Ninja. Ça va être un gros four. On est pas du tout préparés.

– Tu veux pas m'attendre ? Je finis à 16, t'auras peut-être une chance de croiser Agathe…

Pourquoi je lui remets cette meuf en tête ? J'y crois pas. Je suis naze en relations sociales.

– Tu crois que je peux tenter ?

– Bah, je sais pas, pourquoi pas.

Pourquoi pas ? Mais merde, dans quoi je m'embarque ? S'il fait une fixette sur son ex, on va passer des semaines merdiques à déprimer et ciao les vidéos marrantes et le nouveau passe-temps.

– Tu voudrais pas qu'on aille dans les Landes bientôt ?

– Pour surfer ?

– Ouais. Et pour camper.

Le regard de mon poto s'éclaircit. La grisaille disparaît façon mauvais nuage.

– Sans déc', tu veux dormir dans les bois ?

– Ça me tenterait de fou.

– Laisse tomber. Le père voudra jamais.

Allez j'y suis presque, je vais lui faire passer sa mauvaise humeur matinale.

– On peut tenter, non ? T'as pas envie de vivre deux jours en pleine nature ? Genre on se prend pour des sauvages, on vit en autarcie, on emporte quasi rien avec nous, on teste l'autosuffisance à 100 % ou allez à 80 %, on se bouffera bien des chips ! Et penses-y, ça fera des vidéos de dingue si on raconte ensuite. Du bon clic.

On arrive sur le parvis du bahut et je sens que Pierre est tenté. Y a plus qu'à signer le contrat.

– Tu parles de bon clic, la première vid a même pas cinquante vues. Ton père et toi, vous avez dû la mater bien trente fois à vous deux. Gros succès, la Tache.

– Arrête de ronchonner. Imagine, on fait une petite expérience de vie dans les bois. On filme tout, tu fais tes vannes en mode aventurier déboussolé de Koh Lanta. Ça va faire un carton.

Pierre y est presque. Il sourit déjà, prêt à se la jouer ermite. Sauf que face à nous, qui on voit ? Agathe et ses nouvelles potes dont je connais pas le nom. La meuf a un sourire genre d'actrice de pub sur le visage. Radieuse quoi. Même ma cousine et la bande des Puissants la matent au loin. Ça flingue direct Pierre.

Et avant qu'il ronchonne de plus belle, je lui dis :

– Allez attends-moi à 16 heures, on reparle de tout ça, les Landes et Koh Lanta. Fais-moi confiance. Tu vas devenir la plus belle Tache d'internet.

AGATHE

Je fais tout pour éviter Pierre. Lui m'attend avec son pote Solal, dans les couloirs après les cours. Sans m'adresser un mot, mon ex veut me voir. Entre lui et le catfishing de Frederika cet automne, y a vraiment des zarbis dans ce bahut.

Dans le tram, je rentre avec Eva et Nadia et même si je les aime bien, franchement, c'est pas pareil que quand je traînais avec Benjamine et May et qu'on avait la clique des Puissants à nos pieds. Faut dire que niveau fille cool, Nadia avec ses lunettes d'alpiniste, ses cheveux qui frisottent et ses ongles rongés, c'est pas ça. Mais on rit bien. Et quand je fais avouer à Eva son petit crush pour Louis, le fils à papa qui traîne avec les bourgeois, on devient super complices.

Je ne traîne plus avec Marco, Zack et les autres. Comme May d'ailleurs. Toutes les deux, on a été téj du clan par cette hyène de Benjamine. May, à cause de sa love story avec Frederika. Moi, à cause de mon histoire avec le taché. Maintenant, c'est Chloé et Priscilla qui nous ont remplacées, deux nullardes à qui on faisait rapidement la bise. Pas étonnant, Benjamine est le genre de meuf qui retombe toujours sur ses pattes. Son scandale avec Dweezil a pas tellement enflé. À peine quelques nudes soft d'elle ont circulé. Rien à voir avec la sextape de Dorine l'an dernier.

Dans le tram, Benjamine se la joue crise de rire avec ses deux nouvelles meilleures amies. Avant, c'était avec moi et j'avoue, j'aimais bien ça. De l'autre côté du wagon, y a May. Elle traîne avec son frère Néo, Milo et la Ninja. Le quatuor improbable. Si on m'avait dit ça en septembre dernier, j'y aurais jamais cru. Comme quoi tout change en un claquement de doigts.

Je me demande si May et la Ninja sortent ensemble. D'autant que Frederika est devenue le fantôme du bahut. Sauf en cours, on la voit jamais.

– Il me parle comme si j'étais sa propre gamine. Moi ce sera jamais mon père. Il a beau me faire des sourires et jouer le grand jeu à ma mère…

Eva nous cause de son beau-père, Nadia lui pose des questions. Je l'écoute distraitement quand Benjamine se tourne vers moi.

– T'as largué Tache de vin alors ?

J'imagine qu'elle va me sortir une vacherie du style : Pas trop salie par la Tache, tes vêtements sont pas trop crades ? Sauf que pas du tout.

– J'espère que ça va en tout cas. T'as l'air en forme.

Les faire-valoir me regardent, jalouses à mort. Et je descends du tram, heureuse, en me disant que peut-être on va redevenir copines. Tout revivre comme avant.

PIERRE

– “Salut les gens !”

– Attends, arrête la caméra. “Les gens”, je suis pas sûr. Moyen comme accroche, tu trouves pas ?

Solal hoche le menton, sans trop savoir.

– Il me faudrait un signe de reconnaissance. Un truc bien à moi. Regarde Bilal et son “Bonjouuuuuur Pariiiiiis yeahhheaaah” ! C’est con mais c’est hyper efficace.

– Et t’as envie d’être Bilal, toi ?

– Pas faux amigo mais… il me faut un mot clé. Un totem verbal. “Salut public !”

– Public, tu crois ?

– J’en sais rien !

– Ça fait bizarre.

– Oui, ça fait humoriste du début 2000.

– Salut, juste ?

– Merci pour tes idées révolutionnaires.

Solal hausse les épaules, vexé comme un gamin.

Et j'enchaîne rapide parce que l'heure file et que le daron passe son temps à me fliquer, j'ai intérêt à vite plier l'affaire.

–"Salut les copains, salut les copines, salut les haters de France et de Navarre et peut-être de Suisse..."

Solal me lance un pouce en l'air, histoire de me dire qu'il approuve, et j'enchaîne l'impro.

– "... Aujourd'hui ze veux vous parler d'un zupermégazeuvidéo trotro bien qui s'appelle euh euh King Nox, vu connaissez vu ? Le principe c'est de relever des défis, là par exemple ce sont de zolis dragons, tac tac tac, regardez, ils font des saltos et tout, on peut défier ses zamis en ligne, trop bien, on peut même former des équipes fantastiques de chasseurs de prime, z'adore !"

– Euh pourquoi tu parles comme ça ?

– Vas-y tu m'interromps !

– Mais c'est bizarre ta voix !

– Je fais le geek, débile ! Le puceau coincé qui zozote en plein test gaming !

– Ah mais tu te lances dans les personnages !

– Bravo Sherlock !

– Mais les geeks, ils mettent des cols roulés ? Genre Néo et Jean-Philippe, ils s'habillent chill, enfin non, mais pas en col roulé.

– Je caricature mec. T'es relou là.

– Relou ? Bah je t'aide à faire tes conneries.

– Mes conneries ? Je t'ai rien demandé.

– Ah ouais ?

Solal se braque et moi aussi. Solal regarde l'heure en insistant bien, histoire de montrer qu'il en a ras la raie de subir "mes conneries" et qu'il serait temps de dégager de chez lui.

Alors je lui tends la perche.

– T'auras qu'à faire le montage quand j'aurai terminé chez oim. Je serai plus concentré qu'ici.

– OK.

Même pas un check d'au revoir. Même pas un clin d'œil fraternel. Fissa, je me casse de la piaule face à Solal qui tire la gueule sur son téléphone fourni de trois applis et demie.

SOLAL

Je chope mon skate, vénère. Mon père enfile ses grolles dans l'entrée.

– Tu vas où, mon grand ?

– Au skatepark.

– J'ai rencard pas loin. Je te dépose ?

– Non. Merci.

– OK. T'es prudent, hein.

– Papaaa…

– Et tu mets ton casque.

– Pfff…

– Solal, on va pas recommencer.

– Mais papa, PERSONNE met de casque ! C'est trop naze.

– C'est encore plus naze de finir dans un fauteuil roulant, tu trouves pas ? Et puis tu l'as promis à ta mère.

– Mais je vais pas finir dans un fauteuil roulant !

– Écoute, c'est simple, si tu mets pas ton casque, tu n'y vas pas.

C'est ma journée… Ils ont décidé de tous me péter les couilles ou quoi ?

J'enfile mon casque en soupirant. Pas question que je me ramène au skatepark avec ce truc de môme attardé sur le crâne. Le skate, c'est pas juste un sport, c'est un mode de vie. C'est comme le surf. T'acceptes le risque, sinon tu fais autre chose. Du ping-pong ou du minigolf. Dès que la casa sera hors de vue, je le retirerai. Mon père sera pas là pour vérifier. Et ma mère, encore moins…

Je claque la porte, j'enfourche ma planche, je prends mon élan. Fffff… Fffff… Le bois vibre sous mes pieds. Je prends un nouvel élan. Je commence à avoir une bonne vitesse.

J'enlève mon casque. Avec le vent dans mes cheveux, les pensées noires tiennent pas le choc. La prise de tête avec Pierre se décolle petit à petit.

Le skate m'obéit. Bascules du corps en avant, en arrière, il oscille à droite, à gauche. Courbes parfaites. Je saute au bas d'un trottoir. D'un ollie, je remonte en face. Ça passe large. L'air me fouette le visage. L'asphalte défile à toute blinde. Je bouffe les trottoirs. Je bouffe la ville !

En deux-deux, j'oublie ma mère tankée au Sri Lanka pour quatre mois encore. J'oublie la reloutude de mon père. Et j'oublie surtout Pierre. Ce qu'il peut me gaver celui-là quand il se met à rien écouter… Comme s'il devenait quelqu'un d'autre. Un petit chef. Et moi, son larbin.

Il est pas au top en ce moment mais c'est pas une raison. Les remarques que je lui fais, c'est pour son bien. S'il a envie de les tourner seul, ses vidéos, pas de problème. Je m'en carre moi de YouTube. Ça me fait plaiz d'aider Pierre à aller mieux, mais je préfère avoir du temps pour skat… Oh putain la voiture…

…

…

– Jeune homme ?… Jeune homme ???!!!

AGATHE

Je suis encore à m'imaginer redevenir amie avec Benjamine quand, avant que les portes du tram se referment, elle me lâche dans un sourire mielleux :

– T'es au courant pour Pierre, j'imagine ? Ma pauvre, vu ce qu'il balance, j'espère qu'il va pas se mettre à déballer ses bails avec toi…

What ?! De quoi je serais censée être au courant sur ce loser ???!!

J'aurais dû me douter que si Benjamine me parlait, c'était louche. Ses deux idiotes de BFF pouffent comme des grues. Je peux vraiment pas les encadrer, celles-là.

Face à Benjamine, je montre rien. Je prends un air supérieur et je lui fais :

– T'inquiète.

Je sens bien que c'est pas assez. Je le vois à son air de victoire insupportable.

Nadia me relance.

– C'est quoi cette histoire avec Pierre ?

À elle, je peux dire :

– Aucune idée. Mais je vais chercher…

À peine rentrée à la maison, j'écume les réseaux. Je sais pas exactement ce que j'espère trouver parce que Pierre y est pas tellement. Il poste parfois une ou deux vidéos avec des gags, refile des likes à quelques potes, mais c'est tout. Quand on était ensemble, il connaissait aucun des youtubeurs que je lui ai montrés. Évidemment, je lui ai pas trop parlé de Lorenzo. Mais KiwiKiwi ou Danstalife avec leurs millions d'abonnés, ça lui disait que dalle. À se demander sur quelle planète il vit.

Je checke Snap, rien.

Insta non plus.

Twitter, il a pas de compte.

Que ça m'énerve…

J'ouvre la fenêtre de ma chambre. Il fait un froid de gueux, mais je supporte plus l'encens de ma mère. C'est plus un appart, c'est un temple. Je fous ma couette en boule devant ma porte, même si je sais que ça bloquera rien. L'odeur s'est déjà accrochée partout. Même à mes fringues dans mon armoire. Le cauchemar…

Je renfile ma doudoune, je me rassieds devant mon ordi et je tape "Pierre Leymarie" dans la barre de recherche.

Un truc sur un éditeur. La photo noir et blanc d'un barbu du XIXe siècle. Le proprio du Château Lafargue, un grand vin de Pessac-Léognan, qui s'appelle Jean-Pierre Leymarie, peut-être qu'ils sont de la même famille ? Des dizaines de Pierre, Pierre-Yves, Pierre-Luc Leymarie sur Facebook. Une pub pour des vérandas Leymarie. Rien sur le Pierre que je cherche.

À deux doigts d'abandonner, je tape : "Pierre tache de vin". Des sites sur comment nettoyer une tache de vin, ou comment ôter une tache sur la pierre. Je tape pareil sur YouTube. Là aussi, des dizaines de tutos sur comment ôter une tache de vin. C'est ouf combien y en a. J'enlève "de vin" dans la barre de recherche. Je garde juste "Pierre Tache". Et là, en neuvième position… La gueule de Pierre en gros plan.

Naaaan…

Il a posté sa vidéo y a neuf jours.

Cent quatre-vingt-neuf vues. Ça fait pas lourd.

Miskine…

PIERRE

Je débarque dans la baraque en mode rescapé de guerre. Ma mère m'aperçoit dans un coup de vent. Pas le temps de prononcer une syllabe que je la plante au milieu du cellier entre les packs d'eau et les pâtes premier prix. En plus d'être un tyran, le père est un survivaliste. Faudra que j'en fasse une vid, y a du lourd à dire.

Ma mère me laisse déguerpir au fond du couloir. Pas intrusive, ma génitrice chérie. Dans la piaule, je carbure à deux cents. J'étale mes feuilles de brouillon, les stylos bic, les petites idées marrantes. Des idées de vidéos colériques, des idées de mise en scène quand ton meilleur pote te met les nerfs à feu et à sang. Ça se dit ? Je vérifie sur internet. Maintenant que j'ai ma tribune on the oueb, faut s'assurer de pas trop raconter de conneries.

Y a pas à dire, quand on est furax, les idées se bousculent au portillon. Je les range dans des cases. Hop, je fais le ménage. Catégorie vengeance. Catégorie garder son calme en pleine gueulante. Catégorie réplique qui tue qu'on trouve jamais sur le moment. Tiens, on fait comment pour choper la réplique qui tue ? Boom, je viens de dégoter ma STORYTIME du week-end.

– Pierre ?

Je suis en pleine écriture. Je vois la vidéo déjà. Ça va plaire. Franchement si avec ça, je génère pas de la vue, je sais pas ce qui marchera. Je vais pas non plus faire une parodie de clip de rap avec des meufs à poil.

– Pierre ?...

Je rature quelques catégories pourries. Je note, débats politiques, amoureux, familiaux, les potes qui te soutiennent mordicus que le 11 Septembre est un complot.

– PIERRE, descends !!!

Je rêve, ma mère en a après mon inspiration.

Je manque de mal lui parler mais je veux pas finir comme qui on sait.

– Quoi ?

– Viens...

– Je suis occupé !

– C'est important ! Je suis au téléphone...

– Dans dix minutes !

– C'est le père de Solal ! Viens.

Le père de Solal ? Il veut récupérer son matos, c'est ça ? J'y crois pas. Je savais que le meilleur pote pouvait se la jouer vicieux mais de là à demander à son papounet de s'en mêler, j'hallucine.

J'ouvre la porte de ma chambre, file en mode casse-cou dans le salon où ma mère fait des rondes.

– C'est quoi le problème ?

– C'était le père de Solal.

– J'ai saisi ça.

– Solal a eu un accident.

Une vague m'emporte. Ou plutôt me transperce. Des pieds à la tête. Poumon droit à poumon gauche. Le cœur.

– … Quoi ?

Ma voix n'a plus aucun timbre. Plus aucun volume.

Ma mère me regarde, les yeux piteux et ses mains tremblent.

– Accident de skate, il a eu un.

La phrase de ma mère sort à l'envers et moi je finis pareil, le corps, la gueule, les jambes sens dessus dessous.

– Il est où là ?

– À l'hôpital.

– Mais il va bien ?

– Il aurait mal négocié son virage.

Les mots maternels deviennent insensés. De quoi elle parle ?

– De quoi tu parles ?

– Une voiture l'a renversé. Il est tombé sur la tête. Il était sur son skate. Il portait pas de casque… La nuit commençait à tomber, il a pas…

– Il est vivant ? Il a quoi ? Putain, je pige rien.

– Il est dans un mauvais état, Pierre, un traumatisme crânien, il est dans le coma…

J'attends pas la fin de la phrase que j'enfile déjà mes grolles et mon manteau. Je vois trouble. Je titube. J'ai plus d'air nulle part.

– Tu vas où ?

Ma mère me scrute, désemparée. Elle m'imagine à la place de mon meilleur ami sur ce lit de métal.

– À l'hôpital ! Je reste pas là comme ça !

– Mais ton père quand il rentrera…

– Mon père je m'en bats…

– Attends, tu peux pas partir, Pierre. Ton père va faire une crise.

– Qu'il fasse sa crise. Solal, c'est ma famille.

AGATHE

Mon téléphone, planqué dans ma trousse, s'illumine. Je checke discrètement la notif. Lorenzo a posté une nouvelle vidéo. Un swap. Je vais m'évanouir ! Je peux pas tenir jusqu'à la fin du cours. Faut que je sache s'il parle de moi. S'il a déballé mes cadeaux, s'il va les montrer.

Depuis notre rencontre, j'avoue j'étais mal. J'avais l'impression d'avoir pris un râteau ou, pire, de vivre un chagrin d'amour. J'arrive pas bien à expliquer. J'étais triste tout le temps, Lola le voyait et elle me demandait si je regrettais Pierre.

Ew.

Comme une conne, j'ai attendu que Lorenzo m'ajoute sur Insta. J'espérais un début d'histoire. Un truc beau. Ça arrive souvent sur internet, des meufs inconnues qui vivent des délires de dingue, pourquoi pas moi ?

Le soir, je me couchais déprime, j'avais l'impression d'être la pauvre meuf qui se fait des films, alors que j'ai la tête sur les épaules. Je sais que j'ai une bonne étoile. Un truc va se passer, je le sens. Sûr que je vais vivre un truc spécial.

Je regarde la vidéo en scred dans ma trousse. Je mets option sous-titres pour lire ce qu'il dit. J'écouterai sa voix plus tard. Et si Lorenzo voulait me revoir ? Genre, il a rencontré "oune filha souper" à Bordeaux samedi, mais il a pas eu le temps de lui parler car il y avait trop de monde, trop de taf. Depuis, il rêve de la revoir. Si ça se trouve, il me file même un rencard ! Agathe, si tou m'entends, rendez-vous dans la galerie commerciale dou meet-up, jeudi à 18 h 30. Et si t'es pas là cette semaine, jé reviendrai chaque jeudi. Ce serait tellement romantique !

Ouh là… Redescends.

Et puis ce serait chelou qu'il me file rencard en live. Y aurait trop de monde qui risquerait de se pointer. Faut qu'on puisse se retrouver seuls. Je pense qu'il va plutôt me demander qu'on échange en MP.

Oh s'il vous plaît, faites qu'il ait au moins ouvert mes cadeaux…

Les sous-titres me frustrent. J'ai envie d'entendre sa voix. Je place mon écouteur gauche, tête sur ma main pour planquer mon bluetooth. Et je remonte la vidéo, tout en faisant mine je prends des notes. J'écris n'importe quoi, juste pour qu'il y ait du mouvement. Le prof de français, il est saoulant. Il nous a vraiment à l'œil.

> Olá les meninos et les filhaaaas !! J'espère qué vous allez tudo beeeeem. Comme moi ! Aujourd'hui, jé vais vraiment tudo beeeem !

Cet accent, sérieux. Je pourrais m'intéresser à n'importe quoi si c'était dit avec un accent pareil. Et avec cette gueule d'ange, bien sûr. Même le topo soporifique du nazi sur le naturalisme.

> Alors vous m'avez fait plein plein plein dé présentes, plein dé cadeaux pendant mon meet-up à Bordeaux. C'était complètément fou ! C'était souper sympa, obrigado les filhas ! J'ai trop dé chance avec vous. Mais yen a teeeeeellement teeeeeellement dé présentes qué jé dou faire un gros tri. Sinon ça mé prendrait des dizaines et des dizaines d'heures dé vidéos pour tout déballer. Donc né m'en voulez pas mais j'ai pris les sacs ou les... comment on dit déjà... les cartons qui m'ont lé plous plou.

Debrief après journée VIP Bordeaux. ...

LorenzoLife S'ABONNER

Oh là là, l'heure de vérité… Je vais décéder…

– … n'est-ce pas, Agathe… Agathe ??!

Oh putain le nazi…

– Vous pouvez répéter ce que je viens de dire ?

– …

Mon Dieu il s'approche de moi. Je suis morte… Et la voix de Lorenzo qui continue à se répandre dans mes oreilles… Le premier sac qu'ouvre Lorenzo est celui d'une Chloé. Même pas le mien. En même temps, peut-être qu'il garde le meilleur pour la fin.

– Mademoiselle Agathe. On peut avoir l'honneur de savoir sur quelle planète vous étiez ?

J'aime pas du tout ce ton faussement grand seigneur du nazi. Quand il fait ça, c'est qu'il est méga vénère.

– Ne me dites pas que vous étiez en train de regarder votre téléphone… Une midinette comme vous, ce ne serait pas votre genre, n'est-ce pas ?

J'ai pas le temps de m'attarder sur son insulte de connard mais j'te jure quel sadique… Je flippe à quinze mille. Flag de portable en cours, c'est confiscation du téléphone pour une semaine. La peine capitale.

Si j'éteins la vidéo sous ses yeux, il me grille et je suis morte. Si j'éteins pas la vidéo, il me grille et je suis morte. Bilan des courses, JE SUIS MORTE.

– M'sieur ?

Je sursaute. Le nazi tourne la tête vers le premier rang, balance, hors de lui :

– Qu'est-ce qu'il y a, May ?

J'attends pas plus. À toute blinde, je déconnecte la vidéo, fourre le téléphone dans mon sac, retire mon oreillette.

Depuis le premier rang, un mouchoir fourré sous le nez, May demande :

– Je saigne du nez, je peux aller à l'infirmerie ?

– C'est l'Armée du Salut, cette classe, c'est pas possible. Pfff… OK. Allez-y. Quant à vous, mademoiselle Escure, montrez-moi votre trousse.

Le temps qu'il se retourne vers moi, je suis redevenue une statue. Je lui tends ma trousse, genre ingénue outrée.

Sur le seuil de la classe, May m'adresse un petit sourire. Elle, que j'ai lâchée comme une naze, vient de me sauver la mise…

SOLAL

– Bonjour m'sieur.

– Tiens, Pierre. C'est gentil de venir.

– Y a du nouveau depuis hier ?

– Rien. Solal respire toujours. À part ça, pas le moindre geste. Comme s'il avait quitté son corps… Comme s'il ne restait plus que son cœur qui bat.

– Que disent les médecins ?

– Le chef de service doit passer cet après-midi. Mais je ne sais pas ce qu'il va pouvoir me dire. Je crois qu'il n'y a pas grand-chose à faire qu'à attendre. Et espérer…

– Vous pensez qu'il nous entend ?

– J'en sais rien. Dans le doute, je lui parle. Je ne pensais pas d'ailleurs qu'en vivant quasiment seul avec lui, il me restait tant de choses à lui dire. Tant de choses que je n'avais pas pris le temps de partager avec lui… Je m'en veux tellement de l'avoir laissé partir au skatepark… J'avais bien senti pourtant qu'il ne mettrait pas son casque.

– Vous y êtes pour rien.

– Pfff… On se démène pour vous protéger mais on ne peut pas tout maîtriser. Surtout maintenant que vous grandissez et que vous êtes presque prêts à vous envoler… C'est très dur à accepter, tu sais, de sentir nos limites de parents. De sentir qu'on ne peut pas empêcher qu'il vous arrive du mal. Excuse-moi. Je dois te gonfler avec mes réflexions de vieux schnock. Je peux te laisser seul avec ton copain, si tu veux lui parler tranquillement.

– En fait, j'ai apporté une playlist avec des chansons qu'aime Solal. Je me suis dit que ça pourrait peut-être l'aider à… revenir avec nous.

– Excellente idée. Tu as mis du reggae, j'imagine ?

– Un peu, oui.

– Et… Laisse-moi deviner. IAM *? Lomepal ? Roméo Elvis ? DJ Vadim ?*

– Comment vous savez ???

– C'est mon fils. C'est normal que je connaisse ses goûts.

– …

– Ça ne va pas, Pierre ? Tu es tout pâle d'un coup.

– Euh, désolé. Faut que je file. Je vous laisse mon lecteur. La playlist s'appelle Solal…

PIERRE

Je veux pas rentrer. Je peux pas rentrer.

Dans les rues difformes, je me balade sans but, c'est la première fois que je comprends ce que veut dire le mot errer. Dans ma tête, ça se mélange, c'est la brume et le vent, y a Solal et le père, y a les pleurs et la rage.

Combien de temps Solal va rester endormi ?

Combien de temps pour qu'il retrouve la lumière, la fin du tunnel, le bouton ON du réveil ?

Je veux y croire. Bien sûr que Solal va s'en sortir. Il a la niaque comme dit son père. Mais quand je le vois comme ça, immobile, blême, le pansement épais sur le crâne, ses bras tout morts, quand je vois son corps pioncer comme un vieil ours en pleine hibernation, j'ai un doute. La peur que mon alter ego s'égare à jamais dans son putain de tunnel.

Sur les trottoirs qui mènent à mon antre, avec l'ogre qui pousse ses gueulantes et la princesse claquemurée dans son donjon, j'écoute ma playlist. Pour tout oublier. Plus d'histoire de monstre, je me passe des punchlines qui cicatrisent les plaies. Des voix qui crachent leur vérité. IAM, Lomepal, Roméo Elvis. La même playlist que Solal. Parce que de l'autre côté du mur du son, je me dis qu'on est ensemble, lui et moi.

Depuis que j'suis avec toi (avec toi), avec toi
J'regarde plus jamais l'heure sauf pour savoir quand t'arrives[1].

Cette chanson, depuis qu'elle est sortie sur Spotify, on en est dingues. Solal me l'avait envoyée en pleine nuit, son SMS pétaradait

Vas-y arrête tout ce que tu fais, réveille-toi,
c'est de la bombe, va écouter Soleil ASAP.

Maintenant, c'est notre chanson. Forcé que de là où il rêve, l'ami, il récite par cœur, lui aussi. Et même si la chanson vise une gonz, c'est quoi le problème ? Y a rien de plus beau que l'amitié que je ressens pour Solal.

Solal et moi, on s'était promis qu'on irait voir Roméo Elvis en concert, qu'on se ferait un petit voyage à Paname pour admirer notre ménestrel

1. Roméo Elvis, *Soleil*, album *Chocolat*, 2019.

dicter ses textes au Zénith. Et on aimait croire que si Angèle était de la partie, ce serait un gros double win. On avait vu des vidéos sur le net où Roméo invitait sa sœur sur scène et les deux improvisaient des couplets en famille. En y pensant, mon pote souriait comme une bécasse et dans un râle, il disait : "J'aimerais trop la voir."

Ce soir, de là où tu es, je te jure solennellement qu'on ira les voir. On se mettra aux pieds d'Angèle, on lui lancera des roses ou des trucs à la con. Promis.

Le soleil renaît dans ma vie.

Y a pas de quiproquo[2].

Non, pas de quiproquo. Dans les rues, je prends mes jambes à mon cou. Fini, la brume. Je désagrège les lourdes particules. Il est temps de rentrer dans mon antre. Il est temps de parler au monde.

2. *Ibidem.*

AGATHE

Petit rituel du matin. Dans la cuisine, ma grande sœur bouffe ses céréales en mode gamine décérébrée et moi je bois mon eau parfumée en passant en revue mes comptes abonnés. EmmaSituations, KiwiKiwi, JupeEtPantalon. À défaut d'avoir accroché avec Lorenzo, je mets des cœurs et des pouces à ceux qui me font marrer. Et puis des têtes de mort et des snakes à ceux que je peux pas blairer. J'adore snaker. En vérité, j'adore autant liker qu'hater. Ils sont là pour ça, les youtubeurs. Ils savent à quoi s'en tenir en racontant leur life. Faut dire que ça fait un bien fou de se mêler de ce qui nous regarde pas.

Ce matin, alors que j'essaie d'oublier mon délire Lorenzo, Lola me saoule avec son nouveau mec. Un Américain qui s'appelle Rory, c'est quoi ce nom, sérieux ? Ma sœur fait la belle et elle a raison, elle l'est. Mais un peu de tact serait de bon goût. Lola sait bien que je galère. J'ai pas sa poitrine, sa courbure, ses grands yeux étoilés qui les font tous chavirer.

Lola me met sous le nez des pics de sa conquête.

– Ouais pas mal.

Je jette un œil rapide parce que je préfère écouter EmmaSituations. Jour 23 de son Challenge des 30 jours. La meuf tient le coup comme pas permis. En même temps, elle a tout pour elle. La beauté, le talent, les amitiés et l'influence surtout. J'écoute Emma me parler de sa nouvelle passion pour la méditation. Elle parle d'une app trop bien qui s'appelle Petit Bambou. Faudrait que j'essaie, c'est vrai qu'Emma a les traits plus reposés. Je lui laisse un comm pour lui dire que je la trouve trop belle ce matin.

Sauf que ma sœur me tanne encore.

– Regarde ! Il est pas beau, sérieux ? Là, on s'est trop marrés.

– OK OK.

– C'était la première fois que Rory mangeait un tartare… Il arrêtait pas de dire “ew, ew, ew” alors qu'au final il a adoré.

– Génial.

– T'as vu ses fossettes ? Je craque tellement, il a un sourire d'ange et tu verrais son accent.

– Et il se casse quand aux States ?

– Donc t'as envie de faire chier ce matin.

Je lance un regard noir à Lola et me tire dans ma chambre. Je regarde les Insta de Benjamine et May mais bizarrement, ni l'une ni l'autre n'a mis de story depuis hier soir. Je finis le tour de mes vids du jour pour pas trop déprimer. KiwiKiwi me fait tellement rire, je suis sûre qu'il me changera les idées.

Ouais bon, pas cette fois. On l'a connu plus inspiré. Je lui mets pas de pouce à l'envers parce que le mec fait partie des vrais de vrais de You. On crache pas sur les anciens.

À défaut d'autre chose, je termine par la Tache.

Pierre va-t-il faire pire que la dernière fois ?

Miskine.

Musique de Roméo Elvis, tiens ça commence bien. Il a compris qu'il fallait être cool. Pas trop tôt.

Il a une tête d'enterrement, n'empêche.

J'écoute Pierre.

Mais non j'hallucine.

Solal.

C'est une blague ?

Horrible. J'y crois pas.

Pierre a le visage complètement défait.

J'ai trop de peine.

Maintenant, c'est notre chanson. Forcé que de là où il rêve, l'ami, il récite par cœur, lui aussi. Et même si la chanson vise une gonz, c'est quoi le problème ? Y a rien de plus beau que l'amitié que je ressens pour Solal. Le monde peut pas test. Désolé les rageux.

Faut que j'écrive un texto à Pierre mais impossible. Je l'ai largué, je peux pas revenir.

Solal et moi, on s'était promis qu'on irait voir Roméo Elvis en concert, qu'on se ferait un petit voyage à Paname pour admirer notre ménestrel dicter ses textes au Zénith et on aimait croire que si Angèle était de la partie, ce serait un gros double win.

Je ris. Il me fait toujours rire, cet abruti.

Sauf que là, il me prend de court. Face cam, Pierre se met à chanter. Mash-up improvisé.

Le soleil renaît dans ma vie.
Y a pas de quiproquo.
Viens renaître dans ma vie, saleté de meilleur ami[3].

Pas de quiproquo. ...

La Tache

S'ABONNER

3. *Ibidem.*

Je finis la vidéo chamboulée. Je croyais pas que Pierre était capable de ça. Se mettre à nu. En bas, je lui laisse un pouce et je tombe sur ça.

53 000 vues.

Vidéo postée il y a sept heures.

53 000 vues en une nuit.

Non mais c'est quoi, ce délire ?

PIERRE

100 203 vues.

Je regarde les six chiffres sans y croire. Je clique, j'actualise. Les vues grossissent, enflent, prennent du gras. La vache, on dirait de la sorcellerie.

C'est quoi ça ? Un rêve ?

Non. Si c'était un rêve, Solal serait là, avec moi. Il me taperait sur l'épaule en me criant : L'hallu, l'hallu Pierrot, non mais oh, tu viens de passer les 100 000 vues !

Je viens de passer les 100 000 vues. Je dois prononcer la phrase à voix haute pour réaliser. 100 000. La taille de villes comme Nancy, Bruges, Besançon, Saint-Denis. Des villes entières ont regardé ma vidéo d'hommage à mon meilleur ami.

100 000 vues et il ne m'en manque qu'une : la sienne.

À chaque actualisation, mes yeux sont pris au sort, dans la spirale du oueb. Des youtubeurs me citent dans leurs derniers contenus. On snap sur mon histoire. On en fait des stories et même des storytimes où chacun parle de ses potes disparus, absents, partis dans le drame. Ça me fout le cafard autant que ça me rend fort.

Je viens de passer TT sur Twitter. Sujet tendance comme ils disent. Des illustres inconnus likent, partagent, retweetent ma vidéo. Ils s'émeuvent, s'exclament. Tous laissent des émojis pleurs, émojis cœur, émojis soleil pour la chanson de Roméo, et même des émojis girafe pour les suiveurs un peu distraits qui ont pas tellement capté l'histoire. Peu importe si ce sont des girafes ou des singes qui forniquent, on parle de moi et de Solal et l'internet mondial dit que ça fera date.

102 982 vues.

Bim.

103 145.

Bam.

103 683.

Boom.

Derrière mon ordinateur, le flip total. Comment répondre ? remercier ? Les gens me demandent des nouvelles de Solal, me disent qu'ils me soutiennent, que je n'ai qu'un mot à dire et ils seront là. Jamais j'avais cru ça d'internet. Sur ma chaise de bureau où je triture la mousse avec mes doigts, je me sens écartelé. J'ai le cœur en miettes et le sang qui pulse. Je suis moitié tristesse moitié euphorie. Moitié chagrin moitié comblé. Parce qu'au fond je sais que Solal serait encore plus heureux que moi.

105 534.

106 869.

À chaque actualisation, mon sang pulse et mon téléphone vibre. Mon écran explose de textos, d'appels et le bahut entier glisse dans mes DM.

Ça ne peut être qu'un rêve. Mon corps part en délire, par manque de sommeil, par manque du meilleur ami. Faut que je me pince. Faut que je me brûle à l'allumette.

Soudain, ma mère toque. D'un coup, je redescends sur terre. Elle entre dans la pièce et se précipite vers moi. Ses mots pris dans un souffle court.

– Il-est il-est sorti !

– Quoi ?

– Sorti Solal ! Il est sorti du coma.

Et si c'est un rêve alors, c'est le plus beau rêve que la terre m'aura jamais donné.

Je ne veux plus jamais me réveiller.

AGATHE

173412 vues pour la nouvelle vid de Pierre, “Solal is back” ?!

En seulement trois heures ??

Tant mieux pour Solal. Je suis soulagée. Mais 173412 vues… Pierre devient une star ! Non mais Pierre, quoi…

Je fais défiler les comm. Sûr que les gens doivent se foutre de sa gueule.

○ **Peggggy24** Trop coooool pour Solal !!!!! ❤️

○ **Lololalala07** Yesssssssss. JOIE. 💪 🔥

○ **MarjoryMarjy** Youhou !! 💃 🎊 🍀

○ **Margotounette** Génial !!!!!!!!

Ça a pas l’air de casser…

Je continue de scroller.

Des ribambelles de cœurs, rouges, verts, jaunes, bleus, des ballons, des bouquets de fleurs, des skates, des feux d'artifice…

Nan mais y a même pas un truc un peu négatif ? Genre, rien du tout sur sa tache ??

C'est totalement ouf. Comment il a fait, Pierre ? Il a installé un robot censure ? Y a que les bisounours qui matent sa chaîne ?

Je vais pas rester longtemps, public,
parce que Solal s'est réveillé.
Je vais le retrouver, c'est juste magique !
Je file à l'hosto voir mon poto.
Mais avant je voulais vous informer. Et vous remercier
pour vos messages. Ça m'a grave aidé.
Et je suis sûr que Solal aussi a senti votre énergie dans
le fond de son lit… Alors pour lui, public, un grand merci…

Thanks to you, les gars. …

La Tache

S'ABONNER

Je rafraîchis la page. 176402 vues…

Le délire! Et des dizaines de comm en plus…

Presque que des filles. Et vas-y qu'elles lui balancent leurs cœurs. Aucune retenue, j'te jure. Genre elles ont élevé les cochons avec Solal, et Pierre c'est leur meilleur pote.

Lilyrozz23 Je suis trop contente pour toi. Même si ma sœur, elle est toujours loin… Mais bon, ça me donne de l'espoir que Solal se soit réveillé. Dans mon tunnel, tu es ma lumière…

"Dans mon tunnel, tu es ma lumière" ?! Sans gêne, la meuf. Profiter du coma de sa sœur pour essayer de pécho, elle a pas honte ?

Au moins, Pierre lui a pas répondu.

Je devrais peut-être lui laisser un comm moi aussi ? Dire que je suis contente pour Solal ? Qu'il lui passe le bonjour quand il le verra ?

Sauf qu'au milieu de ces centaines de posts, il risque de pas me voir.

Lui envoyer un texto, alors ?

Ça se fait, ouais.

Enfin faudrait pas non plus qu'il se fasse des mythos. Genre que je voudrais revenir avec lui. Avec ses milliers de vues, si ça se trouve, il va commencer à se prendre pour le roi du pétrole.

SOLAL

Maman ?? Qu'est-ce qu'elle fout là ? Avec Pierre, en plus...

Je dois être en plein rêve. Pourtant, j'ai l'impression d'avoir VRAIMENT ouvert les yeux.

– Solal ?

Et cette voix, on dirait VRAIMENT celle de ma reum.

Je veux pas rouvrir les yeux pour vérifier. Combien de fois ça m'est arrivé de croire qu'elle était là. Qu'elle me faisait la surprise de rentrer plus tôt de mission.

– Mon chéri, tu m'entends ?

Ça recommence... Satané sortilège. Ça paraît si vrai. Et au bout de mes doigts, cette pression... Comme une main sur la mienne.

– Solal, on est là. Reste avec nous !

Maintenant Pierre... Pourtant, Pierre et ma mère dans la même pièce, c'est absurde.

J'ai super mal à la cheville. Ça m'élance façon lames de couteau. J'essaie de la bouger. Impossible.

On dirait que mon pied est prisonnier. C'est quoi ce bordel ???

– Solal, on est là, mon grand.

Et la voix de mon père.

J'ouvre les yeux.

Mon père. Ma mère. Pierre. Ils sont tous bien là, autour de mon lit. Ils me sourient.

Je referme les yeux. Les rouvre. Rien n'a changé. Ils sont toujours là.

Je regarde autour de moi. Murs blancs, draps blancs, appareils médicaux et, plantée dans mon bras, une perfusion. Qu'est-ce que je fous à l'hosto ???

Soudain, ça me percute comme un flash. Je roule, le vent dans les cheveux, je kiffe, et là, je la vois arriver. Une voiture bleue. Droit sur moi.

J'essaie de tourner.

Trop tard. Même pas le temps d'un cri.

Le choc, sur ma cheville.

Je décolle. Je vole. Je lâche mon casque qui plane devant moi. Le temps s'étire.

Je pense à mon père qui va me tuer.

Au sourire de Pierre.

Le trottoir se rapproche de mon visage. Au ralenti. Le bord du trottoir.

Puis plus rien.

Pour que ma mère soit là, c'est que ça doit être grave. Je suis bien réveillé. Conscient de tout. Je me souviens de tout, aussi. Mais mon corps, il est dans quel état ?

Angoisse de folie.

Je referme les yeux. Je voudrais me rendormir. Repartir d'où je viens. Ne plus rien sentir, ne plus rien savoir. J'ai trop peur. J'ose pas essayer de bouger. Déjà la cheville, j'y arrivais pas. Et si aucun de mes membres ne répondait plus ? Si j'étais paralysé… ?

PIERRE

Le père m'épatera toujours. Ses vices, ses idées bizarres, ses façons de posséder le monde dans son poing.

Depuis des soirs qu'il me baratine, qu'il me fait des sourires en me demandant comment "se porte ton ami".

"Ton ami."

Le père la joue Honoré de La Buchette de la Courtoisie alors que lui et tout l'arbre généalogique, c'est le monde ouvrier, les repas col bleu et la bonne bibine.

Face à ses airs pincés, j'ai envie de lui répliquer : Cher père, mon ami va mieux, que Dieu nous entende, il est sorti de ce long sommeil d'hiver, mais c'est étonnant, vous parlez de lui alors que vous ne savez pas comment il s'appelle, pourquoi tu fais genre, connard.

Au lieu de ça, je réponds des banalités monosyllabiques.

Solal s'est réveillé hier et le père m'accapare. À croire qu'il le fait exprès. À croire qu'il refuse la bonne nouvelle. Il cherche tous les moyens possibles pour me retenir d'aller à la clinique.

Depuis le coma de Solal, mon père n'a pas cessé les diversions. Il déteste que je puisse éprouver le moindre intérêt pour quelqu'un et si un jour, je deviens comme lui, j'ouvre immédiatement le gaz.

Tiens, STP, fais cette course pour moi avant de rentrer des cours. Au fait, ce soir, faudrait qu'on passe t'acheter une nouvelle paire de baskets pour l'EPS. Une nouvelle paire de baskets ? Ma paire usée que tu me fais porter depuis mille ans a subitement besoin d'être changée ? Mon Pierre, viens voir, regarde cette vidéo sur internet, tu vas trouver ça fendard.

Depuis quand on fait des choses, lui et moi ?

Quand le père dit mon Pierre, avec sa petite bouche en cul de volaille, ça me donne envie de crever sur place.

Résultat, depuis son réveil, j'ai vu Solal sept minutes top chrono. Dans sa chambre hier, mon poto avait la tête jaune, les joues cernées, la bouche pâteuse. J'ai pas osé m'approcher. Surtout que sa mère était là, je voyais bien sur le visage de Solal qu'il était chamboulé de retrouver sa daronne dans cette fichue chambre d'hôpital qui renifle le désinfectant. Je suis resté en retrait. Je voulais surtout pas faire comme le père.

Je dévisageais Solal au loin, presque timide, serrant les poings pour ne pas chialer. J'étais impressionné, faut dire. J'avais jamais vu Solal aussi fragile.

Ce matin, ma mère m'a donné son accord pour que je passe une bonne partie du samedi à l'hosto. Elle s'est dit que vu les circonstances, c'était légitime de me laisser partir.

Avant que j'enfile mes nouvelles pompes, le daron me barre la route du couloir. Il me voit sur le départ, pressé, le manteau enfilé, la grolle au bout du pied.

– Tu vas où ?

– Voir Solal.

– J'avais prévu qu'on aille au cinéma.

– Au cinéma ?

– Je veux qu'on aille voir le film de guerre là, avec les avions.

– Mais…

– Grosse artillerie hollywoodienne. Tu vas adorer.

– Mais l'hôpital…

– Allez, change de disque, tu vas adorer, je te dis. Ta mère vient pas, on sera que toi et moi ! C'est un film de mecs !

– Mais j'avais dit au père de Solal…

– Quoi au père de Solal ?

– Que je les verrais aujourd'hui.

– C'est ton père, le père de Solal ? C'est ta famille ? On s'en cogne, du père de Solal. Alors tu poses ton manteau. Tu fais tes devoirs et je t'emmène à la séance de 14 heures. Je t'achèterai du popcorn.

AGATHE

J'ai pas osé lui écrire un texto. Je me suis dit que j'irais le voir, que ce serait mieux en face. Mais je laisse les heures filer. Pourquoi je vire trouillarde ? C'est pas comme si j'avais Lorenzo en face. C'est Pierre, juste Pierre.

Dans la cour, une foule s'amasse autour de lui. Des gamins prépubères aux Puissants, tout le monde vient saluer l'artiste, celui qui fait pleurer dans les chaumières depuis quinze jours. Pierre a l'air de s'en sortir dans ce nouveau rôle de mec populaire. Il sourit, tend la main, dit bonjour aux anonymes. Je le zieute l'air de rien alors que Nadia et Eva sont posées sur un banc à réviser leurs verbes irréguliers d'anglais.

Benjamine, Marco et Zack viennent à leur tour le saluer. Je ne sais pas pourquoi ça m'agace. Je vois Benjamine qui s'infiltre dans la foule, qui dégage les petites gens à coups de bras, elle se prend pour Moïse, celle-là. Sauf que ça marche et voilà qu'elle embrasse Pierre sur la joue et lui fait des manières. Mon ex se marre, discute en mode tranquille. Peut-être qu'ils parlent de Solal, cela dit. Peut-être que Benjamine a enfin réalisé qu'elle avait un cousin.

La sonnerie retentit et je me sens furieuse. Mes deux copines s'en aperçoivent.

– C'est Pierre, le problème ? lance Eva.

– J'ai envie de lui parler mais le mec, c'est devenu LA star, quoi.

– Pourquoi tu lui écris pas un MP ?

– Il va croire que je reviens par intérêt.

– Franchement pas, réagit Nadia. C'est pas un trouduc, si ?

– J'ai pas envie de venir réclamer en chien. Et le voir comme ça, sans lui parler, sans savoir comment il va, ça me saoule trop.

Eva sourit.

– En anglais, tu sais comment on appelle ça ? FOMO.

– Et ça veut dire quoi ?

– *Fear of missing out.* En gros, t'as l'impression que tu manques quelque chose en n'étant pas avec lui. Franchement Agathe, va le voir !

À la pause de 3 heures, je prends mon courage à deux mains. Pierre est seul devant son casier à récupérer deux trois manuels, et sans y penser, je fonce. Sauf qu'il ne fait pas gaffe. Il referme son casier, remet son cadenas en place, range son portable dans la poche de son jean. Comme une cruchette, je lui tape doucement sur l'épaule.

– Salut !

– Tiens. Euh ça va ?

Quoi dire ? J'ai l'impression d'être face à mon écran, à écrire un comm pour Lorenzo. Pourquoi il me fout le trac comme ça maintenant ? Allez vite Agathe, sors-toi les doigts, ça devient bizarre que tu répondes pas.

– C'est à toi qu'il faut poser la question. Comment va Solal ?

Pierre me regarde d'un air vulnérable. Il est tellement touchant que je ne remarque même plus sa tache de vin.

– Il s'en sort de mieux en mieux, je crois.

Pierre est immobile, ses bras se balancent dans le vide, et merde, bientôt il va partir en cours. Je dois pas laisser filer l'occasion.

Je souris. Bordel que j'ai l'air niaise, c'est pas possible.

Trouve un truc, Agathe. Sois fraîche.

Lui poser une question. N'importe quoi. Pas parler de YouTube pas parler de YouTube. Il va croire que je fais l'intéressée. Sourire encore. Non. Arrêter de sourire.

Pierre va tourner les talons, il va s'en aller, il va me saluer poliment, en renouant avec sa foule, son succès, sa communauté. Non, je ne peux pas le laisser partir. Je le veux tout entier. Alors je lui dis en miaulant :

– Pierre, tu me manques.

SOLAL

– Tu sais que je ne peux pas rester plus, me fait ma mère avec son air de chef du monde. Mais on se retrouve dans un mois et demi.

– T'as vraiment besoin d'y retourner ?

– Solal, enfin, tu sais bien…

– Non, justement.

Ma mère soupire. Elle déteste que je la culpabilise sur son boulot. Mais chaque fois qu'on se quitte, ça me reprend. Je supporte pas de lui dire au revoir. J'ai toujours peur de plus la revoir.

– On essaie de mettre en place des actions pour enrayer la pollution. C'est terrible, tu sais, ce qui se passe au Sri Lanka. Les plages sont si polluées que c'est devenu trop dangereux de s'y baigner. Pire que de nager dans une fosse d'aisance. Il y a un taux de pollution aux matières fécales soixante fois supérieur au seuil toléré…

– Maman, s'te plaît !

– Bah tu veux savoir ce que je fais ou tu ne veux pas ?

À mon tour de soupirer.

– Ouais, enfin c'est pas toi non plus qui ramasses la merde.

– Bien sûr. Mais on va voir les hôtels. Ce sont eux surtout qui déversent leurs eaux usées dans la mer.

Ma mère s'anime. Ses yeux s'allument, ses mains s'agitent, je l'ai pas vue aussi épanouie depuis trois jours que je me suis réveillé. C'est plus vraiment à moi qu'elle parle. C'est au monde entier. Aux politiciens, aux journalistes, à n'importe quel clampin. C'est sa passion, l'environnement. Sa cause. Neuf ans qu'elle y consacre sa vie.

Elle continue :

– Et puis avec tous les touristes qu'il y a maintenant au Sri Lanka, la consommation en bois a explosé. Elle est quatre fois supérieure à la capacité forestière de l'île. Sans parler du plastique, qui pollue massivement l'océan, comme partout en Asie…

Ma mère se tait. S'assombrit.

Et dans son silence, j'entends ce qu'elle ne me dit pas. J'entends qu'au fond, c'est pour moi qu'elle fait tout ça. Pour moi et ceux de ma génération. Pour qu'on puisse encore respirer quand on aura quarante ans. Pour qu'on puisse encore envisager de faire des enfants.

PIERRE

So, t'es là ?

Non non c'est mon fantôme !
Bouuuh !

Très drôle. Comment t'as récupéré ton tél ?

L'infirmier de l'aprèm est sympa, il me file mon iPhone, en échange je lui donne les idées.

Me dis pas qu'il te fait faire des trucs salaces. Tu veux que j'appelle Enfance maltraitée ?

Bon tu me réponds pas ?
Tu vas bien ou quoi ?

Solal écrit… Solal écrit…

Ça va. J'ai encore du mal à déglutir, j'ai des migraines de taré et accessoirement deux côtes fêlées mais je pète la forme, demain je fais le marathon de Paris.

Ha ha.

Pierre écrit… Pierre écrit…

C'est quoi cette histoire d'infirmier ?

En gros, je lui file des conseils, il connaissait pas Lorenzo tu vois le genre.

Le youtubeur ?

Mais non le rappeur. Tu traînes trop sur YouTube depuis que je suis parti chez Morphée.

En parlant de YouTube…

Me dis pas que t'as arrêté tes vidéos ?

Nan… J'ai seulement changé mon fusil d'épaule…

Pierre écrit… Pierre écrit…

J'ai fait une vidéo sur toi. 😊

Queuuuu-ouah ?!?

Rien de louche. Juste une vidéo
sur ce qui s'est passé.
Sur toi et moi.

Attends, je vais voir.

…

…

Pierre écrit… Pierre écrit…

T'es là ? T'as vu ? T'es parti ?
Tu détestes ? Tu m'en veux ?
Tu réponds oui ou merde ?

Déso, jvien de finir.
Ah ouai, c'est… c'est…

C'est ?

Intense shit.

Je sais…

En vrai, je dis pas, c'est touchant,
mais je te savais pas fleur bleue, mon soleil.

Pfff, je savais pas non plus.

Pierre écrit… Pierre écrit…

… Et j'suis déso.

De quoi ?

De notre engueulade avant l'accident. J'aurais dû rester. Si j'étais resté, rien ne te serait arrivé. Je m'en veux tellement.

TSS. Arrête ça tout de suite. J'ai déconné, je regardais pas où j'allais. Et maintenant, je suis bon à porter des protections à vie miskine.

Si tu veux, je t'achèterai des genouillères rose fluo, comme ça t'iras traîner avec les mioches qui font du vélo à roulettes.

Mais. Mais attends. C'est quoi ce délire ?

Quoi ?

Solal écrit… Solal écrit…

Non. Mais. Tes. Vues. TES VUES.

Ha ha ha. J'ai oublié
de te dire ouais.

976 000 vues. Je suis encore
entre la vie et la mort ?

Fallait bien que quelqu'un
devienne une star pendant
ton absence. Je m'en suis
chargé. Me remercie pas.

Mais sérieux t'en es vraiment une.

Une ?

Une star, imbécile.

Mais non. Juste deux trois vidéos
qui ont marché.

T'es dans les liens conseillés
de la plateforme, arrête ta modestie.

Squeezie, Mohammeddu16E,
MiskinaLaMeuf et KiwiKiwi
parlent de moi.

Sérieux ?

Une petite notoriété quoi. D'ailleurs ils veulent me rencontrer. Faudrait que j'aille à Paris un jour ou l'autre. Mais pas sans toi.

Putain je suis en plein délire.
On y va quand tu veux darling.

Au fait ?!

Y aautre chose ?

Oui…

T'es devenu millionnaire au loto ?
T'as remporté Questions pour un champion ?

Ah ah t'as des refs de ieuv, frangin.

Pierre écrit… Pierre écrit…

SUSPENSE quoi. Dis ou je meurs encore.

Pierre écrit… Pierre écrit…

Dis pas ça, bon Dieu !!!!!!!!

Allz balance, jpp.

Tu vas m'engueuler.
Mais m'engueule pas.

Queouah encore ?

J'ai filé rencard à Agathe.

AGATHE

Vingt minutes d'avance... Faudrait que j'aille faire un tour. C'est naze d'arriver trop tôt.

Pluie de merde, je peux même pas squatter un banc. Et avec ce froid, je vais avoir le nez rouge. Bonjour le glam... #vivementleprintemps.

J'entre dans une librairie. Je passe la porte. Il fait chaud.

TOUDOUDOUT TOUDOUDOUT...

Mon portable sonne dans ma poche. Ma mère. Je réponds pas.

Dans le magasin, j'essaie de paraître crédible. Je mate les bouquins sur les tables, j'en retourne certains pour lire les résumés. En vrai, je capte que dalle de ce que je lis. Et j'ai le cœur qui bat à dix mille. Je pense à Pierre. À ce qui va se passer. Il m'aurait pas filé rencard s'il voulait pas qu'on se remette ensemble ?

TOUDOUDOUT... TOUDOUDOUT...

Encore ma reum. Je sais pas pourquoi elle insiste. Je devrais peut-être quand même décroch…

Je sursaute. Quelqu'un derrière moi vient de poser ses mains sur mes yeux.

– Alors, gente demoiselle, on traîne dans les librairies ?

Pierre !! Je reconnais direct sa voix.

Il ôte ses mains. Je me retourne vers lui. J'ai l'impression d'être dans une comédie romantique. On avait rendez-vous ailleurs et on se retrouve là, comme si le destin était aux commandes.

Pierre se penche, m'embrasse sur la bouche. Cash ! En mode conquistador. Ça y est, c'est officiel, Pierre et moi on est à nouveau ensemble !!!

Je pique un fard. Je sais pas comment enchaîner.

Avant Noël, c'était l'inverse. Moi je m'en foutais de lui, et lui flippait dès qu'on se voyait. Je me répète que rien a changé, que c'est toujours Pierre avec sa tache.

Sauf que tout a changé. Face à moi, c'est plus Pierre le taché. C'est Pierre au presque million de vues. 993 452 quand j'ai vérifié en partant de chez moi. Si ça se trouve, il va passer le million dans l'heure qui vient. Il va passer le million en ma compagnie !

Ne pas penser à ça, ne pas penser à ça, ça va me bloquer. Je ne sais pas ce qui m'arrive mais même sa tache, aujourd'hui, je la trouve sexy…

– Et toi, qu'est-ce que tu fais ici ? je lui demande.

– J'ai négocié ma sortie de taule grâce à ça. Un bouquin à acheter pour le bahut, le daron pouvait pas me le refuser.

– Il te flique tant que ça ?

– D'ailleurs, je vais pas pouvoir rester trop. Sinon mon bracelet électronique va se mettre à chanter !

– Ha ha. Mais avec tout ça… enfin je veux dire, tout ce qui t'arrive… enfin toutes les vues…

Ce que je peux être conne… Je m'étais pourtant jurée de pas lui parler de ses vues. Maintenant je m'embrouille. Je sais plus comment m'en sortir.

TOUDOUDOUT… TOUDOUDOUT…

Encore ma mère. En temps normal, j'aurais jamais décroché. Mais pour une fois qu'elle peut me sauver la mise…

– Excuse, je dis à Pierre. Allô ?… Dans une librairie, pourquoi ?… Mais c'est sûr que c'est rien… Ça peut pas attendre ?… Pfff… OK. Ouais, je te rappelle quand j'y suis.

– Qu'est-ce qu'il y a ?

– Ma mère se tape un délire. Elle croit que ma sœur a fait un malaise. Elle veut que j'aille vérifier ce qui se passe. Je suis désolée.

SOLAL

– Pierre, je vais profiter de ta visite pour sortir faire quelques courses.

À peine mon père a refermé la porte de ma chambre d'hôpital que j'attaque :

– Alors, Pierrot ???

– Alors quoi ?

– Agathe. Le rencard, tout. Raconte !

– C'est emballé.

– Vous ressortez ensemble ?

– Yep.

– Et c'est tout ce que ça te fait ?! Genre tu m'annonces ça en version surblasé.

– Naann. C'est cool, mec.

– Attends, t'étais en mode fond du trou depuis qu'elle t'avait largué, et maintenant que tu ressors avec elle, c'est comme si de rien était.

– C'est juste qu'il se passe un autre truc de ouf, mon pote !

– Quoi ?
– T'as pas vu ?
– Non.
– LE MIL-LI-ON !!! J'ai explosé le million de vues !
– Le délire... Bientôt t'auras autant d'audimat que le JT !
– Ha ha ! Et aujourd'hui, toi et moi, on va fêter ça.
– T'as ramené à boire ? Avec mes médocs, c'est pas top.
– Bien mieux. TADA !
Pierre sort de son sac sa caméra, enfin celle de mon père.
– Pour remercier le public, on va faire une petite vidéo tous les deux.
Moi à l'écran ? Pierre est devenu dingue.
– Pierrot, je sais pas trop... Moi, je suis pas comme toi. J'ai pas ta tchatche. Je vais te faire perdre des vues.
– Mais non, allez ! Fais pas ta chochotte. Les gens seront trop jouasses de te voir.
– Mais je les connais pas. J'ai rien à leur dire !
– Sauf que eux, ils te connaissent ! Imagine. T'as un million de personnes qui s'intéressent à toi. Qui flippaient quand t'étais dans les vapes. Qui se sont réjouis quand t'en es sorti. Tu peux bien faire

un effort. Leur montrer ta petite gueule d'amour. Allez ma caille, c'est l'occase de devenir célèbre.

– Justement, je sais pas si j'ai tellement envie d'être célèbre. Surtout pour une connerie que j'ai faite.

– Arrête de te prendre la tête, gros. Profite ! On n'aura pas deux fois cette chance.

– Quelle chance ?

– T'es bouché… D'avoir un million de gens qui cliquent pour voir notre tronche !

La phrase de Pierre résonne contre les murs blancs de l'hosto. Un million d'inconnus prêts à écouter nos conneries… J'arrive même pas à me représenter ce que ça veut dire.

1 + 1 + 1 + 1, un million de fois… Ça fait quoi en volume, un million de personnes ?

Un million de gens prêts à nous écouter…

D'un coup, une idée germe dans ma tête.

PIERRE

– Je veux rien savoir… Tu rentres tout de suite, c'est compris ?!

Au téléphone, ce n'est pas le père qui me pète sa durite. La voix de ma mère pétarade dans tous les sens.

J'essaie de m'expliquer, raconter que j'étais à l'hosto. Sauf que ma mère veut rien savoir. Je ne l'ai jamais entendue comme ça. Une voix de folle à lier. Comme si insidieusement, mon père la contaminait.

Je rentre chez moi à toute berzingue. Comment elle ose me faire ça après tout ce que je viens de vivre avec Solal ? Comment elle peut briser notre pacte secret, notre promesse invisible de prendre soin de l'autre dans cette baraque en feu ?

Je marche d'un pas plus que rapide et ça me prend comme ça. Faire demi-tour. Disparaître comme une fumerolle sous les réverbères. Quitter cet asile de dégénérés. Partir loin. Avec Solal. Avec Agathe. Faire l'école buissonnière de ma vie tout entière.

Mais je suis lâche. Pas le cran de tout envoyer en l'air. C'est le père qui me le rabâche quand il part dans ses colères noires. "T'as les couilles de rien, fiston." Et il a raison : me voilà sur le paillasson.

J'entre dans la maison. Silence ou presque. J'entends au loin un mouvement dans la cuisine. Puis un corps qui bouge doucement dans l'un des fauteuils du salon. Je déchausse mes grolles, pose mon manteau sur celui de ma mère et j'avance tout doucement. Mon père est assis dans le salon et qu'est-ce qu'il fout là à cette heure-ci ? Il ne bouge pas, immobile devant sa téloche.

Je passe sans me faire voir. Je veux filer dans ma chambre sans affronter la tempête. Sans voir ma mère qui a pété les plombs. Mon corps décide autrement.

Dans la cuisine, ma mère est dos à moi. Elle récure une casserole. Je lui dis d'une voix douce.

– Je suis désolé, pas vu le temps passer.

– Me prévenir. Tu aurais dû me prévenir. J'ai rien pu dire à ton père. Quand il a débarqué, j'ai rien pu dire.

La voix de ma mère est calme. Elle parle tout bas, comme si elle sortait d'une longue nuit. Elle ne se retourne toujours pas.

– Mais il est à peine 18 heures, m'man. Il est jamais là d'habitude.

– Il rentre tôt le lundi, t'as oublié ? On est lundi, t'as oublié ? Pierre, tu dois pas oublier. Baisse pas ta garde. Surtout pas maintenant.

Je m'avance vers ma mère, une main sur son épaule. J'entends dans sa voix des crépitements fragiles, comme des fissures menaçant nos fondements. Ma mère refuse de se retourner et je l'oblige en un mouvement.

De profil, je le vois.

Son œil rouge et bleu.

Sa peau abîmée, maltraitée durant mon absence.

AGATHE

6 h 15. J'ouvre les yeux une heure avant le réveil. Ça m'arrive jamais normalement. Surtout l'hiver quand il fait encore nuit.

Sauf que ce matin, je vais retrouver Pierre au bahut. Depuis samedi, j'arrête pas de me demander comment il va être avec moi en public.

Quand on était ensemble avant Noël, il essayait toujours de m'embrasser. Dans la cour, dans les couloirs. On aurait dit qu'il voulait que la terre entière sache pour nous deux. À l'époque, j'avais pas trop envie. Être vue avec lui, surtout d'après Benjamine, c'était la gênance. Mais là, tout a changé. C'est comme si je sortais avec quelqu'un d'autre.

En même temps, maintenant qu'il est célèbre, est-ce qu'il peut se permettre de s'afficher avec quelqu'un ? Les stars doivent pas se planquer pour vivre leurs love stories ? Parce que c'est clair que les gens risquent d'y aller en mode paparazzi. Je me mets à leur place. J'aurais Lorenzo dans mon bahut, je me priverais pas de le mitrailler. Si ça se trouve, Pierre aurait intérêt à faire semblant d'être célibataire pour faire triper les meufs et grimper le nombre de ses followers ?

Les deux premières heures passent comme une torture. Chaque seconde s'étire. On n'arrivera jamais à la pause ? Et les questions continuent de tourner en boucle. Est-ce qu'il faut que je le rejoigne dans la cour à dix heures ? Ou que je le laisse venir vers moi ? Peut-être que c'est mieux. Sauf que s'il vient pas me voir, je fais quoi ?

Enfin, la sonnerie retentit. Je range mes affaires, mains tremblantes, cœur en vrac. Nadia et Eva m'attendent. Je vais vers elles, comme ça je prends pas de décision.

– Alors, les filles, votre week-end ? demande Nadia.

– Bof, commence Eva. J'ai rencontré la fille du copain de ma mère. Elle a tiré la tronche toute la soirée. C'est dommage, on a le même âge. On pourrait bien s'entendre.

– Elle doit être vénère que son père sorte avec une autre femme, suggère Nadia.

– Je ne suis même pas sûre. Je crois juste qu'elle va vraiment pas bien… Et toi, Agathe ?

Je leur dis ou pas ? Ça me démange tellement que je vois pas comment je vais réussir à le garder pour moi.

– Je suis ressortie avec Pierre.

– Quoi ?!

– Quand on parle du loup… ajoute Nadia avec un clin d'œil.

Je me retourne. Pierre est là.

– Salut.

– Salut.

Eva et Nadia s'éloignent. De l'or massif, ces filles… Jamais Benjamine aurait fait ça ! Il aurait fallu la déloger à coups de bâton pour qu'elle nous foute la paix.

Pierre m'embrasse pas mais il me sourit. Pourtant c'est bizarre, il semble triste.

– Ça va ? je demande.

– Ouais.

– T'es sûr ? Ça a pas l'air.

– Si si. Et toi, ta sœur ?

– Ma sœur ?

– T'es partie samedi pour vérifier ce qu'elle avait.

– Ah oui ! Elle avait juste plus de batterie. Ma mère s'est fait un film pour rien.

On marche en silence. Je suis tétanisée.

Au bout d'un moment, Pierre embraye.

– KiwiKiwi et Emma, de EmmaSituations m'ont invité ce week-end à une fête avec d'autres youtubeurs. Y aura Lorenzo aussi.

– T'es sérieux ??!!

Pierre acquiesce, une petite fierté aux lèvres.

– Tu vas les voir en vrai, c'est trop génial !!

– Je pense pas, non.

– Comment ça ?

– Je pense pas que j'irai.

– Pourquoi ?

Pierre change de tête. De nouveau, il a l'air triste.

– Je peux pas, c'est tout.

– Tes parents veulent pas ?

Pierre se raidit. Comme si une décharge électrique l'avait traversé. À sa réaction, je sens que j'ai vu juste.

– Tu dois bien pouvoir trouver un…

Mais Pierre me coupe sèchement.

– Tu sais pas de quoi tu parles. Tu les connais pas.

J'aurais dû me taire. Mais Lorenzo, Emma, KiwiKiwi… Alors je prends sur moi. Je campe mes yeux au fond des siens et je lui dis :

– T'as raison, je suis désolée. Mais ce que je sais, c'est que t'as pas le droit de te laisser gâcher la vie. Y compris par tes parents.

SOLAL

Ça y est, Pierre a mis notre vidéo en ligne ! "Solal and I"… Je flippe, je sais pas trop pourquoi. J'ai l'adrénaline qui pulse à fond, comme quand l'océan est gros. J'ai franchi la barre. Autour de moi, la houle se déchaîne. Le ciel est gris, la mer aussi, on distingue plus la frontière entre les deux. La plage paraît loin. La terre ferme, un autre monde.

Ça bouge dans tous les sens. Remous. Écume. C'est le bordel. Derrière moi, les vagues se forment, puissantes. Devant moi, elles se brisent en immenses gerbes dans un vacarme assourdissant. Des barres d'immeubles qui s'effondreraient sous une charge de dynamite.

Et moi je me tiens là, au milieu. Entre les vagues qui se forment et celles qui se brisent. J'attends la bonne, l'estomac noué. Impatient de lui courir sur le dos, de lui caresser l'échine. Terrifié de me retrouver à son sommet, avec un creux de trois mètres en dessous de moi. Je l'attends, cette vague sur laquelle je vais m'élancer, je l'espère, sans savoir si je vais avoir le meilleur ride de ma vie ou si je vais être éjecté dans les limbes.

J'essaie de me calmer. Je regarde les murs blancs autour de moi et je me répète que c'est qu'une pauvre vidéo sur YouTube. Contrairement au surf, je risque rien. Je suis au chaud dans ma chambre d'hôpital. Pépère.

Pourquoi je flippe quand même ? Pourquoi je me sens à poil ?

Je tape "la Tache" et j'écarquille les yeux. Déjà 57 236 vues pour "Solal and I" !...

J'en connais combien, moi, des gens ? Je parle pas de mes vrais potes, ils tiennent sur les doigts d'une main. Mais en comptant large. Les gens du bahut. Les mecs que je croise dans les vagues à Lacanau ou au skatepark. Les amis de mes parents. Les commerçants du quartier. Ceux qui étaient en primaire avec moi. Combien ? Deux cents, trois cents, quatre cents à tout casser ?

Déjà 57 236 personnes m'ont écouté ! 57 236 personnes ont entendu mon message sur le plastique. Sacs, bouteilles, gobelets, emballages de bonbons, de gâteaux, les tonnes de trucs qu'on jette sans même s'en rendre compte et qui finissent dans les océans. 57 236 personnes ont entendu mon appel à faire gaffe. À être plus attentifs à ce qu'on achète, à comment on consomme.

OK, ils vont pas tous changer du jour au lendemain. Et certains s'en foutront toujours. Mais sur les 57 236, si rien que 1 % modifie ses habitudes, ça fait déjà 572 personnes ! Et ça va pas s'arrêter à 57 236 vues ! Pierre a posté la vidéo il y a même pas une heure. Qui sait combien de personnes on va toucher au final ? Qui sait jusqu'où on peut changer les choses !

Un smile jusqu'aux oreilles, de ma main valide, j'écris.

Pierrot, t'sais quoi ?
T'es un champion !!!

PIERRE

Je prends le train de 9 h 19 avec les travailleurs, les assureurs, les banquiers, les consultants, les costumes bon chic bon genre qui répondent à des mails Outlook ou tapent des formules rapides sur des tableaux Excel.

J'ai eu le feu vert de ma mère pour décamper vingt-quatre heures. Autorisation exceptionnelle de sortie du territoire.

Depuis le jour de l'œil au beurre noir, elle s'est terrée dans un trou qui ressemble au silence. Pour ces vingt-quatre heures, elle a inventé un super-bobard avec l'aide de ma tante. Mon père a cru au séjour express chez Tatie Agnès et, face à l'œil mauve et turquoise de ma mère, il n'a pas moufté.

Dans le train, je me refuse d'y penser.

Vingt-quatre heures de permission, c'est aussi vingt-quatre heures d'oubli.

Au lieu de ça, je culpabilise grave de partir seul à Paris. Solal était trop fragile pour venir, son père n'y a pas pensé une seconde et je le comprends, lui sait ce qu'est de protéger sa famille.

Agathe, elle, n'attendait que ça, prendre ses plus belles sapes et filer à l'anglaise avec moi. Mais je le sentais pas. Pas cette fois. Pas avec cet abruti de Lorenzo dans les parages qui roucoule comme un pigeon sur le parvis sale d'une gare.

Pour me faire un peu pardonner, je leur écris des MP et leur fais des snaps. J'oublie de mettre en privé et en deux secondes quarante, j'ai trois cents notifications et autant de réponses hystériques.

Sur YouTube, ma chaîne vient de dépasser les 400 000 abonnés. Certains sites en parlent, disent que c'est une montée en puissance rare chez les nouveaux users. Des red' chefs spé du digital me mettent en valeur sur les réseaux. Ils font des captures de mes vids en parlant du "nouveau phénomène YouTube", "la sensation ado", "la nouvelle voix des jeunes", "le mec qui pourrait être à la fois ton voisin cool, ton meilleur pote et ton humoriste préféré".

Quand je lis ça, j'ai comme une pression qui monte en moi, une sorte d'adrénaline aussi. Un mélange bizarre.

Je débarque à Montparnasse au milieu d'une foule noire. Les Parisiens sont si pressés que j'arrive pas à foutre un pied devant l'autre. Au bout du quai, une meuf câblée comme un basketteur m'attend avec, à la main, une pancarte à mon nom.

– Salut Pierre, moi c'est Solveig, je suis une des PR de l'agence Chance & Talent, t'as fait bon voyage, tu me suis ?

Elle me bombarde de questions et je suis même pas capable de lui aligner deux courtes syllabes.

– À midi, tu vas rencontrer Jack et Gilles, de l'agence, et on te briefera pour la soirée Top Influence, tu verras, c'est sublime. C'est au Silencio, tu connais ? Tu connais Lynch évidemment, non ça te dit rien, si, enfin Lynch, quoi ! Tu vas voir, le DJ set prévu est juste mi-ri-fique ! Tu sais que la maison Chanel est de la partie ? Eh oui, jeune homme ! Attends on fait les choses bien à Chance & Talent. Tu vas repartir avec de beaux goodies. T'as une copine ? Tu vas faire une chanceuse, je te le dis.

En deux-deux, Solveig me pousse dans une berline noire aux vitres teintées, à l'avant un chauffeur en costard plus reuch que toute ma garde-robe trouée, et direction le quartier des Champs-Élysées. Dans la bagnole, je regarde les rues par la vitre, la tour Montparnasse, les cinémas, les terrasses et leurs chaises tressées en rotin, l'avenue Montaigne et ses boutiques hors de prix et connement, dans un élan de liesse, je me vois dire à Solveig que je n'ai jamais visité Paname.

Dès que les mots sortent de ma bouche, j'ai honte, tellement honte. Bravo Pierre, si on te prenait pas déjà pour un cul-terreux, c'est chose faite.

À l'agence, Gilles et Jack m'accueillent en binôme de diplomates devant la grande porte vernie. L'endroit est beau comme une pub. Les deux types me serrent la main, façon caresse de mafieux. Je me laisse faire, gamin hypnotisé. Ils n'ont pas tant de charisme. Ils sont aussi petits l'un que l'autre, l'un a la moustache fine, l'autre porte un col roulé blanc neige. Mais ils ont la tchatche, l'allure, tout ce qu'il faut pour y arriver.

Tous deux me disent à quel point ils sont ravis de me recevoir aujourd'hui, que nous avons tout le temps du monde pour parler de mon avenir mais qu'ils seraient très trèèèèèès heureux de me représenter au sein de leur agence.

Le duo de choc parle d'une voix monocorde, finit les phrases de l'un et de l'autre, grimace beaucoup, mouvements de cils et de poignets, et ni vu ni connu, enchaîne sur une ribambelle d'arguments bien visés.

– Nous, Pierre, c'est simple : on est les numéros un. On imagine que tu préfères bosser avec les numéros un, non ? Je sais pas qui t'a approché depuis ton million, on imagine qui évidemment, on les connaît tous, c'est un petit milieu t'as pas idée, on sait généralement qui débarque en gros sabots avec la caverne d'Ali Baba en promesse mais on te le dit franchement… Nous, on fait pas dans la promesse. On fait pas dans le cadeau de luxe pour appâter nos clients. C'est pas un costume Prada et deux valises Vuitton qui vont consolider une entente, tu comprends ? Sache qu'y a pas meilleurs que nous dans l'influence digitale. Nos opérations marketing sont les plus futées, on invente des concepts ici, on fait pas dans le réchauffé, il suffit de regarder la puissance de nos réseaux et le trafic. EmmaSituations et Lorenzo font partie de l'agence depuis un an maintenant et ce qui leur arrive, c'est juste dément. Tu les rencontres ce soir, tu es content ? Ils te diront tout ce qui s'est passé pour eux depuis qu'ils ont signé chez nous. Tu sais, la vie est aux jeunes désormais. Vous décidez, vous avez voix au chapitre, c'est vous qui avez le pouvoir. Faut que tu te serves de ça et que tu te crées un empire. Ton empire.

Je les écoute, limite je me prends pour Jules César.

– Dis-moi que tu connais notre recommandation Best Friend Effect ? Tu sais que ça marche du feu de Dieu ? Avec ça, on a lancé pas moins de quatorze influenceurs, KiwiKiwi, c'est nous rien que nous, on l'a créé de toutes pièces, l'influenceuse JaneBaby sur Insta, la France l'adore, donne-lui six mois et c'est la planète entière qui va la vénérer. Nos jeunes sont le top du top. Pas de fausse modestie ici. Nos jeunes dirigent le monde. YouTube, TikTok, Snap, Pinterest, Insta. Mais je te le dis direct, ils n'ont rien à voir avec ton talent, ça reste entre nous bien sûr. Toi Pierre, t'as pas besoin de tout ça, pas de reco digitale, pas de gros matraquage, t'as pas besoin d'une vulgaire rampe de lancement, t'as un don à l'état brut, c'est aussi simple que bonjour. Crois-moi qu'ici on te mettra dans aucune case, on t'imposera pas au monde au chausse-pied, c'est le monde qui réclamera de te baiser les pieds. Ici on procède comme ça, on s'adapte, on crée le désir. Tu verras. Ta vie va se simplifier en deux-trois coups de baguette magique et paf, tu atteindras les sommets. C'est ce qu'ils veulent tous ici, le pic, le summum. Toi aussi, je le vois, fais pas cette tête, tes yeux brillent, mon petit Pierre, c'est beau à voir, tu me fais un autographe ? C'est pour ma fille.

AGATHE

> Pierre *En ligne*

Alors t'y es ?

Oui.

Raconte !

C'est cool. La musique est dingue. Y a un mur dans le club recouvert de feuilles d'or.

Fais une photo !

Agathe écrit… Agathe écrit…

Trop beau. Et ils sont là les autres ?

Qui ?

Lorenzo, la clique ?

Pierre écrit… Pierre écrit…

Pas de réponse.

Quelle conne, jamais j'aurais dû parler de Lorenzo comme ça, à la première occase. Dans le genre subtil, on fait pas mieux.

Comment reparler à Pierre comme si de rien n'était ? Putain je veux pas passer à côté de cette soirée de dingue.

Hallelujah. Un MP de Pierre !

KiwiKiwi est là avec Mazel Tov,
TroisCupcakes, EmmaSituations,
d'autres je connais pas leur nom,
y a même le mec de la série pourave
sur W9 là.

Ryan Misfi ?

Ouais !

Tain la chance. Il est cool ?

Autant que sa série merdique.

Ha ha.

Mais Emma est adorable, elle est venue me dire qu'elle était fan de mes vids, que j'allais devenir huge. Elle voudrait faire une collab.

Non mais de quoi elle se mêle celle-là ? J'hallucine. Évidemment que Pierre va devenir huge, il l'est déjà. Elle, tout ce qu'elle fait, c'est se plaindre ou faire la rêveuse face cam, tu parles d'une nouveauté !

Je commence à flipper. Si EmmaSituations met le grappin sur mon mec, je vais péter un câble. Allez, je fais un tour sur sa chaîne, ça me démange. Rien que de voir sa gueule de brune parfaite, ça me fout la haine, je lui laisse deux trois "sale moche" pour la peine.

Agathe écrit... Agathe écrit...

Ah cool, ce serait top une collab avec Emma.

Pas de réponse.

Évidemment, ça demande quoi comme réponse mon MP tout moisi ? Faut que je relance Pierre ! Je peux pas m'endormir comme ça.

Et du coup, l'agence, tu vas dire oui, tu vas signer chez eux ?

J'sais pas. On verra.

Qu'est-ce qui te retient ?

Pas de réponse.

??

Pas de réponse.

Je te dérange pas trop là au moins, je veux pas t'embêter, tu sais.

Toujours cette phrase magique pour maintenir l'attention.

Non tkt dsl.

Je pense à toi, tu sais. Tu me manques trop.

Moi aussi.

Vivement que tu reviennes…

Pas de réponse.

Dans la pièce à côté, j'entends parler mon père avec la belle-doche qui pourrait être ma sœur et bordel, j'ai pas envie de ça. J'ai envie de voyager, vivre au bras de Pierre, rencontrer des meufs et des mecs sensass. J'en peux plus de ma vie.

T'es là, Pierre ? Me dis pas
que tu danses ? Je t'imagine pas.

Je discutais avec KiwiKiwi, il s'appelle
Charles-Antoine dans la vie.

Mais non ??! Il est drôle alors ?

Il est bien plus discret que sur ses vids,
c'est marrant.

Ah ouais j'aurais pas dit, il a l'air
tellement à fond tout le temps.
Et TroisCupcakes, elle est pas
un peu grosse ?

Non ça va.

On dirait parfois sur certains
plans, on dirait qu'elle cache.

Non non trop pas. Elle vient de signer un contrat pour écrire son premier livre, on lui a filé 50 000 balles, tu y crois ?

Ah ouais c'est pas mal et Lorenzo est toujours pas arrivé ?

Tant pis, je tente. J'ai envie de savoir. Je m'en fous, moi, de cette idiote de TroisCupcakes et de son livre à la con.

Si, il traîne avec deux-trois personnes, apparemment c'est son crew.

Ils ont l'air comment ?

Normal, je sais pas, enfin Lorenzo a un look je te raconte pas

Ah ouais comment ? Il est habillé comment ???

Bizarre.

Il a une casquette ? Il met tout le temps une casquette.

Un bonnet.

Génial !

Tu veux pas que je fasse un selfie avec lui ?

Tu ferais ça ?

Agathe sérleux.

Déso, je rigole ça va.

Pierre me tend des petits pièges sournois et je tombe dedans, pieds joints. Pauvre fille, va.

Bon je te laisse, les mecs de Chanel viennent de débarquer, on doit faire un live je sais pas quoi.

Ils vont te filer des cadeaux, tu crois ?

Pas de réponse.

Bon live alors, darling.

Pas de réponse.

T'es là ?

Pierre ?

Tu dois plus capter…

T'es là ?

Il est où le live ?

Je veux voir.

Je veux te voir.

Pierre, t'es là ?

Tu me manques.

Tu me réponds STP ?

???

SOLAL

Je suis vissé à la maison, dans ma chambre de gosse, avec ses vieilles montgolfières sur les murs, pourtant je suis avec Pierre dans la berline noire qui le balade sur les Champs, je suis au rendez-vous avec les agents, à la fête Chanel. Mon pote me laisse pas tomber. Il me bombarde de messages, de photos, il me fait tout partager pas à pas. Il me fait entrer dans des mondes que j'aurais jamais imaginé approcher.

Il a même fait la bise à Angèle, le con ! En guest star, elle s'est pointée pour chanter un morceau au milieu de la soirée. Le truc de fou… Quand j'étais dans le coma, Pierre m'avait promis qu'on irait voir Roméo Elvis en concert, qu'on se jetterait aux pieds d'Angèle. Alors il a tout filmé pour que j'assiste à son live comme si j'y étais. Comme s'il tenait sa promesse.

Sauf qu'entre la voir sur un écran et la voir en vrai, il y a un monde. Je suis dég… Si j'avais pas été pété en mille morceaux, j'aurais été à cette soirée avec Pierre. Moi aussi, j'aurais pu approcher la belle.

En même temps, si j'avais pas été dézingué, Pierrot aurait jamais fait de vidéo sur mon coma, il aurait jamais percé sur YouTube, aurait donc pas été invité à cette fête et aurait pas croisé Angèle...

C'est bizarre. Comme si mon malheur avait fabriqué son bonheur ou un truc tordu du genre.

Je préfère pas trop y penser. Ça me fait peur. Comme un puits sans fond qui pourrait m'absorber. Nous absorber, Pierre et moi.

J'essaie de me rassurer. Je me répète que Pierre pouvait pas deviner que sa vid buzzerait. Il était sincère quand il l'a tournée, c'est ça qui a touché les gens. C'est pour ça que c'est devenu viral. Il s'est pas dit : Tiens, mon meilleur pote est entre la vie et la mort, c'est cool, je vais faire pleurer dans les chaumières et gagner des vues. Ça se calcule pas, le succès. Ça vous tombe dessus, c'est tout.

Je préfère me dire que mon malheur, en faisant le bonheur de Pierre, fait aussi mon bonheur. 854 690 vues pour "Solal and I", c'est du délire !

L'autre jour, Pierre m'a pris par surprise. J'ai parlé du plastique à l'arrache, sans rien préparer. Les prochaines fois, je vais soigner mes messages. Pierre est d'accord pour me laisser une chronique sur ses futures vidéos. Je vais l'appeler la "Minute Papillon". J'ai choisi les prochains thèmes. Je commence à préparer. Je veux faire un truc chiadé. Court, une minute max. Percutant. J'ai pas l'oreille du monde politique comme Greta Thunberg, mais je peux avoir celle des ados. Ce serait déjà pas mal.

PIERRE

Insta : 78990 personnes ont commencé à vous suivre.

Twitter – DM : 5854 nouveaux messages.

Snapchat : 24702 demandes d'ajout.

Facebook : Vous avez atteint le nombre limite d'amis sur le réseau. Nous vous conseillons de créer une page.

Boîte de réception Gmail : 214 nouveaux messages.

Sélectionner Tous les messages. Tout Marquer.

Marquer comme lus.

Les chiffres s'effacent.

Tous les jours, je fais ça. Rituel.

Tous les jours, autant de demandes, d'ajouts, de DM et de MP. Tous les jours, autant de *coucou*, de *salut toi*, de *réponds-moi STP*, de *je t'adore* et parfois *je te hais, t'es trop laid.*

Je n'arrive pas à tenir la cadence.

Avec le bahut, le père sanguinaire, Agathe qui me tient par la manche, je manque de tout. Je manque de temps, d'énergie, d'investissement et, dès le réveil, lorsque je vois ces chiffres au-dessus de chaque appli, c'est comme une fumée noire pleine de cendres qui me brouille la vue.

Je ne sais plus respirer normalement.

Alors ce matin, je recontacte Talent & Chance. Je leur dis d'accord, c'est okay, je marche avec vous, je signe où ? Ici en bas, je gribouille ma signature à vie, je vous laisse gérer mon compte bancaire bloqué jusqu'à ma majorité, ça y est, je vends mon âme au diable et ce n'est plus grave, le diable est très gentil.

Grâce à l'agence, les jours suivants sont reposants. Je déculpabilise. J'ai besoin de gens pour m'aider à exister, survivre publiquement, et alors ?

La première semaine, je la passe à traîner avec Agathe comme avant, faire le fiston-toutou à la baraque, veiller sur la mère et laisser Solal gérer ses vidéos écolos. À présent, j'ai à dispo un community manager. Il s'appelle Camille, il a trente piges, une voix caverneuse de fêtard cocké, un look d'ado attardé et des baskets édition collector achetées mille balles au Japon. J'aime bien Camille. Il fait les choses comme il faut. "Au taquet-taquet", comme il dit. Il like, répond, remercie mes fans, bannit les mauvaises langues qui m'accusent de ne pas être aussi bien qu'un Squeezie ou un Cyprien, émoji cercueil, va crever connard. Il est mon filtre, ma censure. Depuis qu'il est là, j'emmène Agathe au ciné voir des merdouilles qu'on aurait pu voir sur Netflix, avec les avances officieuses de l'agence, je paie une nouvelle planche de surf à Solal et quand sur ma chaîne, j'atteins enfin le million d'abonnés, je me dis que je vais pouvoir me barrer de la baraque en feu. Prendre ma mère sous le bras et laisser crever le père dans les flammes.

Avec moi, l'agence est aux petits soins. On fait des points tous les mercredis. En interne, ils ont des stagiaires qui m'idolâtrent et me prennent pour une mascotte, ils ont des créas qui me donnent des idées de concepts, de vidéos marketing, de techniques pour plus de clics. Et puis il y a les managers qui m'envoient des places de concert et des billets de matchs de foot à Madrid et Manchester. Ils disent "Dommage" quand je réponds "Je peux pas", quand je promets que "Bientôt, je me libérerai, j'irai avec vous à Madrid ou au Qatar, pour les vacances ou quoi".

Les managers répondent d'un émoji triste comme des ados.

Ce matin, l'un d'eux m'écrit :

Call ASAP, t'es dispo dans 10 ? Urgence.

J'appelle l'agence aussitôt, comme un môme pris en faute. En Facetime, le bonhomme me sort sa tirade.

– Pierre, on s'est réunis à l'agence. On voulait te dire que les vidéos de Solal, c'est juste pas possible. Ça fait tache. Pardon pour le jeu de mots, hein. C'est faible, ça manque d'impact, on est dans le mou, dans l'exposé scolaire et vraiment, c'est primaire.

– C'est mon meilleur ami, tout ce qu'il dit, je le partage à 100 %. Moi, j'y crois.

– On te demande pas d'y croire ou non. On te demande d'enchaîner les cartons. Et ça, c'est notre job, tu comprends ? On refuse de te regarder sombrer. Pourquoi tu ris ?

– Je ris pas mais quand même, vous exagérez, non ? On parle de vidéos d'une minute où mon pote alerte sur la planète, l'écologie, le gaspillage, c'est de ne pas en parler qui fait que nous sombrons.

– Tu m'écoutes pas, Pierre. Je te parle pas de planète et de la jolie jungle de Bornéo qui perd ses gentils arbres, je parle de toi, là. Ton trafic en prend un coup, c'est pas bon du tout. Y a encore moyen de colmater les brèches mais faut se relever vite. Faut faire oublier l'écologie.

AGATHE

– Tu m'emmènes où ?

Pierre me lance un regard surpris et j'adore ça. J'aime bien le prendre au dépourvu, montrer que moi aussi, je peux mener la danse.

– Tu vas voir, darling ! Suis-moi…

Après une marche à travers la ville où nous récupérons un gros sachet de chocolats, Pierre et moi franchissons la grille du jardin des Plantes.

– Tada ! Petite balade au vert cet après-midi.

– Tu me fais rire !

– Bah pourquoi ?

– C'est comme si chaque moment à deux, tu voulais en faire une lune de miel.

La pique de Pierre me vexe. Déjà que je me sens pas à la hauteur dans le nouveau monde génial de Pierre, faut pas qu'il commence à me faire des réflexions. J'ai juste envie de lui montrer que je suis la meilleure copine du monde.

– J'ai juste envie de te montrer que je suis la meilleure copine du monde.

Pierre rit. Silence. Pourquoi je sors toujours mes pensées comme ça tout haut… Idiote.

Pierre se rattrape après un blanc interminable.

– Bien sûr que tu l'es. Allez viens.

Il prend ma main et nous partons flâner dans les allées. Pierre ralentit la cadence. Je vois que ça lui fait un bien fou de s'éloigner de la foule, du succès, du bruit assourdissant de la popularité.

– Attends, je veux te montrer un endroit ! C'est là que Lola m'emmène depuis que je suis toute petite.

Pierre me suit sans broncher. Il respire, contemple les arbres, les fleurs plongées dans l'hiver, les bancs déserts.

Au loin, on aperçoit May et la Ninja. Et je ne peux pas m'empêcher de penser à voix haute, encore une fois.

– Elles traînent de plus en plus ensemble, ces deux-là. Je suis sûre qu'il y a anguille.

– Anguille ?

– Il y a certainement un truc entre elles. Elles kiffent toutes les deux les meufs. Au bahut, je les vois piquer des fous rires. Si ça se trouve, elles se lovent.

– Elles peuvent pas juste être amies ? Elles ont vécu l'enfer toutes les deux, ça rapproche.

– Je sais pas, je sens qu'il y a embrouille.

– Embrouille ? Au pire c'est pas tes histoires.

Pourquoi Pierre répète le moindre de mes mots ? À croire qu'il cherche le conflit. Mais je l'ai enfin pour moi toute seule, alors je lui ferai pas ce plaisir.

– Allez, on s'en fout de May. Viens, on y est presque.

Pierre découvre le jardin aquatique. Toutes ces plantes qui grimpent ou s'accrochent. Je connais bien ça, aussi.

– C'est beau, non ?

Il acquiesce d'un hochement de menton. J'aimerais qu'il soit plus émerveillé, plus romantique, qu'en silence, sa main serre la mienne et qu'il m'embrasse avec fièvre face aux tiges de roseaux. Mais la sonnerie de son téléphone vient briser notre insouciance.

– C'est qui ?

– L'agence !

– Réponds pas.

– J'ai pas le choix.

– Si, tu l'as.

– Agathe…

– On est jamais tous les deux. On fait plus rien ensemble. Tous les soirs, tu bosses tes vidéos, tu penses qu'à ça. Au bahut, c'est le défilé, à croire que t'es en séance de dédicaces toutes les heures. Je me sens seule, moi.

– OK OK, je réponds pas.

Je me réfugie dans le cou de Pierre pour lui faire un bisou. Mais Pierre recule, le visage rivé sur son téléphone.

– Je les entends d'ici…

Pierre est obsédé. Pas d'autre choix que de continuer à parler de son agence à la con.

– Tu écouteras le message plus tard, non ?

– C'est peut-être important. T'façon, je sais de quoi ils vont me parler…

– Ton partenariat avec Apple ? C'est vrai que ça en jette. Mais c'est pas une raison pour pas te lâcher. T'as plus une minute à toi. D'ailleurs, tu vas faire quoi de tous les iPad, iPhone, AirPod qu'ils vont te filer ?

– Pas le droit de les vendre ou de les donner, c'est écrit sur le contrat. À chaque nouveau modèle qui sort, je dois renvoyer l'ancien.

– Quel gâchis.

Pierre se met à écouter le message vocal, un doigt dans l'oreille, la mine concentrée. Il m'agace quand il fait le mec sérieux comme ça, même s'il m'excite tellement aussi.

– Bon ils veulent quoi, l'agence ?

– C'est au sujet de Solal.

– Solal ?

Tu m'étonnes qu'ils veuillent parler de Solal, je les comprends. Au lieu d'aller sur ce terrain miné, je tire une moue de compassion. Faut dire que je suis la meilleure copine de la terre.

– Ils détestent Minute Papillon. Ils trouvent que ça manque de force. Ils ont fait des réus pour en parler, c'est l'hallu…

– Ils font attention à toi, c'est bien, non ? Ils veulent pas que tu passes à côté de ton succès.

– Mais ces vidéos n'ont rien à voir avec moi.

– C'est ta chaîne, ton nom, tes abonnés. Personne partage son succès comme tu le fais. T'es trop sympa, je le dis toujours. Et puis…

– Et puis quoi ?

Pierre sait ce que je vais dire. Il sait ce qui se trame depuis la première vidéo de Solal qui a récolté plus de pouces à l'envers qu'à l'endroit. Mais je ne peux rien lui dire. Je dois rester la copine parfaite qui soutient.

Sauf que ça m'échappe encore une fois.

– Pierre, ses vidéos sont nazes.

– Nazes ? T'abuses, c'est hyper important de…

– Nazes non, mais chiantes, tellement chiantes. Je voulais pas t'en parler parce que c'est ton meilleur pote et qu'il sort d'un truc dur, mais franchement… Ça plombe l'ambiance, quoi. J'ai lu tous les commentaires sur ses trois premières vidéos. Internet l'appelle le vieux prof de bio. Même sur la vidéo où tu racontes son coma, on se moque de lui maintenant, on dit :“Merde pourquoi il s’est réveillé le vieux prof de SVT ?”

– Je m’en fous de ce que les gens pensent.

– Non, tu t’en fous pas. Tu peux pas t’en foutre. Si tu continues avec Solal, tu vas tomber avec lui.

SOLAL

14 heures. Sur la place de la Victoire, des milliers de jeunes. Avec ceux du bahut, on s'est filé rencard au pied de la colonne en attendant que le cortège se mette en route.

Y a Milo, Néo, Max Moquette et un autre type qui fait foot. May papillonne entre la Ninja et la bande de Nadia, Eva et Louis. En arrivant, j'ai aussi croisé Frederika. Je lui ai proposé de venir avec nous mais elle m'a dit qu'elle rejoignait des copains allemands. Ça sentait le pipeau. Je crois surtout que depuis son histoire avec May, elle préfère rester en solo.

– Salut !

Je me retourne. Lenny, Zack et Pablo.

– C'est cool que vous soyez là.

Ils m'avaient dit qu'ils essaieraient de venir, mais j'étais pas sûr qu'ils se bougeraient. Par contre, Benjamine et ses copines décérébrées brillent par leur absence. Évidemment. Elles avaient des trucs vachement plus importants à faire, j'imagine...

Il est bientôt 45 et Pierre est pas là. Qu'est-ce qu'il fout ? On avait pourtant dit qu'on se retrouvait avant 15 heures pour préparer les pancartes.

On est dvt la colonne.
Jte voi pas. T ou ?

J'attends quelques secondes.

Pas de réponse.

– Pas évident, une manif avec tes béquilles ! remarque Pablo en allumant une clope.

– Ça va le faire.

– T'en as pour combien de temps encore ?

– Ils m'enlèvent le plâtre la semaine prochaine.

– Cool. Pierre est pas là ? il s'étonne.

– Il va arriver, je réponds.

Nadia s'est pointée avec un drap blanc. J'ai proposé des slogans. Avec Eva, elles ont choisi : "On vous demande pas la Lune, on veut juste la Terre." Milo finit de découper un carton en forme de dinosaure. La Ninja sort une bombe, le recouvre de noir. Puis elle tend un marqueur blanc à May.

– Vas-y, écris, toi.

– J'écris quoi ?

– Les dinos n'ont rien fait non plus, lui souffle Milo.

Moi j'ai préparé un truc simple. Un carton avec inscrit dessus : "Arrête de niquer ta mer."

Toujours pas de nouvelles de Pierre.

Je scanne la place, de plus en plus dense. Autour de nous, plein de jeunes déter. Avec des pancartes : "L'avenir nous regarde", "Pas de planète B", "Les calottes sont cuites", "The chaud must not go on", "Ta planète tu la veux bleue ou bien cuite ?" Y a de la musique aussi. Des klaxons. Si c'était pas si dramatique, ce serait presque joyeux.

Mais pas de Pierre.

J'essaie de l'appeler. Ça sonne dans le vide.

Répondeur.

– Ouais mec, c'est moi. Tu fais quoi ? Ça va bientôt démarrer, là… Bon. Tu me dis où t'es ?

Ça y est, ça bouge dans les rangs. On commence à marcher. Ça saoule que Pierre soit pas là. Il avait pourtant promis.

Je checke encore mon tél.

Toujours rien.

Devant nous, quelqu'un lance : "Pas de nature, pas de futur !" Tous en chœur, on reprend : "PAS DE NATURE, PAS DE FUTUR !"

C'est ma première manif. Tout ce monde qui crie à l'unisson, c'est con mais ça me fout des frissons. Surtout quand j'imagine qu'au même moment, dans plein de villes de France, d'autres en font autant. Y a de l'espoir malgré tout. Et tout ça parce qu'une ado, il y a quelques mois, a commencé à faire la grève pour le climat. Seule devant le parlement de son pays. Avec une pauvre pancarte. Et quelques mois plus tard, on est là ! Tous à défiler.

À côté de moi, un mec un peu plus vieux discute avec son pote :

– Si ces marches ont pas d'effet, on devra passer au stade supérieur.

– C'est-à-dire ?

– Désobéissance civile. On n'a plus le choix.

À ce moment-là, il brandit un mégaphone et se met à hurler : "Et 1, et 2, et 3 degrés ! C'est un crime contre l'humanité !"

Bien sûr, je trouve ça horrible qu'on ait à manifester en scandant ces messages. Ce serait tellement plus cool de vivre sans cette menace. De pouvoir nous laisser flotter comme toutes les générations avant nous. D'un autre côté, ça me fout la pêche qu'on soit là ensemble en train de le faire.

Et je peux pas m'empêcher de ressentir aussi une pointe de fierté. Si ça se trouve, parmi les milliers de gens sur cette place, y en a quelques-uns qui se sont pointés grâce à moi. Grâce à ma Minute Pap'…

PIERRE

On peut se parler demain ?
Rdv dans notre salle comme d'hab ?
7h50 ? J'ai un truc à te dire.

Alors que je me mets au pieu, le texto de Solal me fait l'effet d'un truc qui va mal tourner.

Pas de souci frérot. Moi aussi, faudrait que je t'en touche un mot mais no big deal, tu verras.

Parfait.

La réponse laconique de Solal m'inquiète mais je suis tellement éreinté que je m'endors, clapet de l'ordi à demi ouvert sur mes dernières stats YouTube.

Le lendemain, on se rend dans la salle où on aime traîner, Solal et moi. La salle de musique. On y est tranquilles. Mme Hénenfen ne ferme jamais à clé et quelle idée cheloue de vouloir traîner parmi les flûtes à bec jaunies et les affiches de Charles Trenet.

Solal est déjà là quand j'arrive, assis derrière le piano, son sac à ses pieds, téléphone abandonné sur les touches. À peine un sourire quand je lui adresse un "Bonjour ça va" enthousiaste.

– Quelque chose va pas ?

J'entre dans le vif du sujet. L'agence m'a appris ça. Aller au but, plus perdre mon temps. Et ce matin, Solal semble avoir la même intention.

– T'étais où hier ?

– Chez moi, pourquoi ?

– T'avais une interview ? Un truc à régler avec Camille ou je sais pas quel canard en col roulé ?

– Non.

– Un swap à faire alors ? Le nouvel iPhone à reviewer en direct sur ta chaîne ? J'ai vu que tu as signé un partenariat avec Apple. Tu as voulu me le cacher, mais sur internet, tout se sait.

– Je voulais pas te le cacher mais…

– … T'emmerde pas. Tu fais ton truc maintenant, j'ai compris. Tu signes des partenariats avec des multinationales corrompues qui arnaquent le monde entier, y a aucun problème.

– Attends, mais tu sais pas combien…

– … Combien ? Wow. Non je veux pas le savoir, surtout pas. Le seul truc que je veux savoir, c'est pourquoi hier aprèm t'es pas venu à la Marche pour le Climat.

– Merde, c'était hier ?

Sans rien dire, Solal plante ses yeux dans les miens. Comme s'il voulait que je bouffe ma culpabilité à la petite cuillère.

– J'avais complètement zappé. Désolé, mec, ça m'est sorti de la tête. La prochaine OK ?

– La prochaine ? Tu rigoles là ? Tu crois que c'est un event VIP où on s'entrecroise pépouze un verre de champ' à la main ? Ce qui me vénère, c'est que t'étais même pas occupé avec l'agence ou les vidéos ou quoi, tu étais juste chez toi à rien foutre.

– J'étais crevé.

– Oh pardon, monsieur est fatigué de son succès.

– Sérieux, tu commences à me les briser avec tes reproches.

– On est deux alors, mon pote. Même Zack, Lenny et leur bande se sont pointés hier. Faut dire que c'est pas des stars, eux. Ils savent encore ce qui est important et ce qui ne l'est pas. Tout le monde n'a pas ta gloire.

D'un coup, mes épaules se raidissent. Je regarde Solal s'étaler dans la jalousie et je perds patience.

Plus envie de mettre les formes.

– Parce que t'as invité ces bouffons ? Je te reconnais pas.

– Au risque de me répéter : on est deux. Regarde-toi, t'es méconnaissable. Et change pas de sujet avec les mecs du bahut. Ils sont venus parce qu'ils ont vu le truc passer sur les réseaux et qu'ils se sont sentis concernés.

– Ouais concernés, genre, et depuis quand tu traînes avec eux ?

– Depuis que t'es joignable uniquement sous un préavis de soixante-douze heures avec validation du grand Gilles.

Solal chope ses béquilles et se relève, fier de sa pique à deux balles. Il contourne le piano en claudiquant et s'adosse au mur tandis que je reste immobile, les mains raides.

– Me fais pas chier, Solal, franchement…

– Sinon quoi ?

– T'es en train de faire le rageux, c'est moche.

– Le rageux ? T'as cru que j'étais jaloux de toi peut-être ? Tu crois vraiment que j'ai envie d'être à ta place ? De jouer les larbins ?

– Ça, c'est bien vrai. T'es pas à ma place. La preuve, tes Minute Papillon font un bide retentissant, on a pas vu de flop comme ça sur YouTube depuis, allez, 2003. Joue surtout pas les larbins comme moi, t'as raison. T'es trop noble, toi.

– Tu deviens mesquin.

La sonnerie de 8 heures retentit.

J'entends quelques voix résonner dans les couloirs vides.

– Tu sais, si t'as envie que j'arrête mes Minute Papillon, t'as qu'un mot à dire.

– Ah oui, lequel ?

– Pauvre gars.

– Et puis arrête de parler de tes Minute Papillon, j'en peux plus. Même le nom est à chier.

– Parce que la Tache, c'est mieux ?

– C'est mieux pour un million cent soixante-sept mille personnes en tout cas.

– Non mais je rêve, tu les comptes en plus. Cette tristesse. Tu sais quoi ? Moi et mes vidéos à chier, on se casse de ta merveilleuse chaîne YouTube.

Solal me regarde, la haine dans les yeux, et la haine, c'est toujours contagieux. Dans une, deux, trois minutes, la cohue débarquera. Le bruit arrivera. Et j'ai le pressentiment qu'il sonnera la fin entre Solal et moi.

– Fais pas celui qui décide de partir de ma chaîne. C'est moi qui veux plus de toi. Je te vire.

– Connard !

– Ah ouais, cette répartie de fou. C'est bon pour la planète, les insultes gratuites, tu crois ? Allez je me tire, j'ai mieux à faire que de traîner avec un rageux. Et tu sais quoi ?

Solal me regarde une dernière fois. Une vraie dernière fois. Et sans comprendre, ma colère devient irrésistible, impitoyable, terrifiante à tel point que j'ai l'impression d'être le père.

Peu importe.

Je crache.

– Même dans tes discours pseudo-engagés, tu vaux que dalle. Regarde les commentaires des gens. Tu es chiant comme la mort. Tu brasses du vide, tu fais des exposés soporifiques, tu sers à rien, quoi. C'est pas moi qui le dis, c'est le monde entier qui te fusille.

AGATHE

J'me casse mtnt en fait.

Le texto de Pierre me tombe dessus comme une douche froide. Il m'avait promis qu'on se verrait après le bahut.

Je suis dég. Des jours que j'essaie de lui arracher un rencard… Lola dit que je vire toutou. En vrai elle est juste fumasse de s'être plantée sur Pierre la première fois que je suis sortie avec lui, de m'avoir poussée à le larguer alors qu'il allait devenir célèbre. N'empêche que ça saoule qu'il annule notre rendez-vous.

T'as plus cours ?

Pas de réponse. J'insiste.

Je croyais que t'avais maths ?

Et moi je croyais pas
que t'étais de la police.

Il abuse… Si je vire toutou, lui est en train de virer gros con !

En même temps, faut que je me rattrape vite. S'il a balancé son meilleur pote en deux-deux, je vois pas pourquoi il hésiterait pour moi… Pourquoi il resterait avec moi alors que plus d'un million de personnes rêvent de sortir avec lui.

Donc j'écris.

Attds moi darling. J'arriv.

Je rassemble mes affaires. Je demande à sortir en mode je suis désolée madame mais je me sens pas bien, une main posée sur mon ventre. J'attends pas la réponse de la prof. Je peux pas passer à côté de mon destin. Et mon destin s'appelle Pierre.

Je fonce dans les couloirs, je me précipite dehors version furie. Si Lola me voyait, elle aboierait en se foutant de ma gueule…

Tant pis pour Lola. Il faut que je sois à la hauteur. Je sais pas comment mais faut que j'assure. J'ai l'impression de jouer ma vie tout en étant sur un siège éjectable.

Mon cœur fait un bond. Près des grilles, Pierre est là. Il est pas parti. Il m'attend. Moi, Agathe. Et pas une de ces dizaines de milliers d'inconnues.

Je ralentis. Je vérifie que ma mèche est bien disposée sur mon front. J'ai un spot au-dessus du sourcil droit. Je l'ai dissimulé sous du fond de teint mais un double camouflage est toujours plus prudent.

Je m'approche en mode chaloupé. Je souris à Pierre comme s'il était la plus belle chose qui m'était arrivée de toute mon existence. T'façon, il EST la plus belle chose qui me soit arrivée de toute mon existence.

Sauf qu'en approchant, je vois son air tendu.

Et c'est là que ça me vient. Je sais ce qui me reste à faire…

Avant même qu'il me parle, je balance :

– On va chez moi ?

Quelques secondes plus tard, on est en route. Heureusement que j'habite pas loin, mes jambes auraient été incapables de me porter plus. Pierre, chez moi… Pierre, bientôt dans ma chambre…

– Je pourrai pas rester longtemps, il me dit.

Dans ma tête, je lui réponds : T'inquiète, on fera vite. Sauf que je me tais. Pour une fois, j'arrive à garder mes pensées pour moi.

On entre dans mon immeuble. Bouche sèche. Je serre mes mâchoires pour pas qu'elles s'entrechoquent. Je flippe mais faut pas que je le montre. Faut que j'aie l'air de gérer. Le compte à rebours est lancé. C'est moi qui l'ai lancé, Pierre a rien demandé. Et maintenant, je suis allée trop loin pour revenir en arrière.

Personne à la casa. On file dans ma piaule. Je ferme la porte à clé derrière moi, me retourne vers Pierre. Il baisse les yeux. Paraît gêné.

Est-ce qu'il a compris ?

Sa dernière phrase tourne dans ma tête. "Je pourrai pas rester longtemps..." Je pensais pas que le jour J, je serais pressée. En même temps, je vais pas me lamenter. Tout le monde dit que la première fois, ça se passe jamais comme on a pensé.

Ce matin, j'ai pas ouvert les rideaux. Dans ma chambre, c'est la pénombre. J'allume pas.

J'enlève mon manteau. Pierre bouge pas. Il a l'air d'hésiter. Je dois pas lui laisser le temps d'hésiter. Je suis sur ce putain de siège éjectable et je suis résolue à passer permanente.

Je m'approche de lui et dans le mouvement, j'ai l'impression de me transformer. Je suis plus vraiment moi. Je suis l'actrice d'un de ces films qu'on matait avec Benjamine pour apprendre comment faire.

Est-ce que Pierre le voit dans mes yeux ? Est-ce qu'il lit ma détermination ?

Il me laisse enlever son manteau.

Je m'arrête pas en chemin. Je fonce sur ses lèvres. Je l'embrasse langoureusement. Puis je lui mordille le lobe de l'oreille et lui lèche le cou, comme je l'ai vu faire. En me pressant contre lui, contre son torse, puis contre son bassin, je sens que j'ai gagné.

Alors je l'entraîne sur mon lit. Je l'allonge sur le dos. D'un geste sûr qui m'étonne moi-même, je déboutonne sa braguette.

Et je plonge…

SOLAL

Le skate me répond plus. Les figures que je mettais facile, j'arrive plus à les placer. OK j'ai eu la cheville pétée mais quand même. Je me fais l'effet d'un débutant. Ça me déprime. Et ça me fout la rage. Je pourrais tout péter.

Autour de moi, les mecs rident. Ils s'élancent dans le bowl, à quelques secondes d'intervalle les uns des autres. Ils se croisent, remontent sur la paroi opposée, sautent à cent quatre-vingts degrés, redescendent dans la foulée, s'évitent de justesse. Tout paraît si facile, si fluide… Leur ballet m'hypnotise.

Faut que je m'y remette sinon je vais prendre racine.

Je m'avance sur le bord. Au moment où je vais m'élancer, un mec part à ma droite. Deux secondes après, un autre émerge à ma gauche, bondit tout près de moi.

Et alors ? Depuis quand c'est un problème qu'il y ait d'autres gens ? J'attends d'avoir un accès VIP au skatepark ou quoi ?

Allez, à trois j'y vais.

1… Ça m'avait jamais semblé aussi à pic… J'ai pourtant plongé des milliers de fois. Je sais très bien que je suis capable de le faire. Qu'est-ce qui me retient ?

2… Ma cuisse gauche tremble de malade. Mes mollets sont crispés. Pas de doute, je flippe. Je me reconnais pas, j'ai honte.

Et si j'abandonnais pour aujourd'hui ? C'est la première fois que je retourne au skatepark depuis l'accident, c'est normal que ce soit un peu dur.

Pas question. Faut que je me fasse ce putain de bowl. Je peux pas laisser ce flip s'installer. Si j'y vais pas maintenant, j'irai peut-être plus jamais. Et alors il me restera quoi dans la vie ?

Allez, go !

J'ai le cœur dans la bouche mais je suis dans la pente. Je suis pas resté à faire le poulet au bord.

Ça va à toute blinde, j'avais oublié à quel point. J'essaie de respirer, mais mon corps est tendu comme un string. C'est pas moi qui gère, c'est le skate qui me trimballe. C'est le pire. C'est là que ça peut devenir dangereux. Je maîtrise plus rien.

J'arrive de l'autre côté du bowl et je m'arrête. Essoufflé comme si j'avais monté l'Everest. Je me fais pitié. Quelle session de merde…

Quelle vie de merde…

Je rentre chez moi, un goût amer dans la bouche. Heureusement, mon père est en tournage pour trois jours. J'ai pas à faire semblant.

Je me jette sur mon lit. Vide. Envie de rien. Même pas de mater un épisode de *Dysmental.*

Mon téléphone sonne dans le fond de mon sac. Un appel WhatsApp, ça doit être ma mère. Je laisse sonner dans le vide, jusqu'à ce qu'elle se lasse.

Le silence revient dans ma piaule. Je fais tourner machinalement mon téléphone entre mes mains.

Et alors que je m'étais juré de pas le faire, je vais sur la chaîne de Pierre. Depuis notre engueulade, il a posté une nouvelle vidéo, "Kim K, le showbiz et moi". 846321 vues.

Je devrais éteindre.

Je le sais, je devrais pas la regarder.

Mais j'appuie sur PLAY. Et la voix de mon ancien pote emplit ma chambre et me vrille l'estomac.

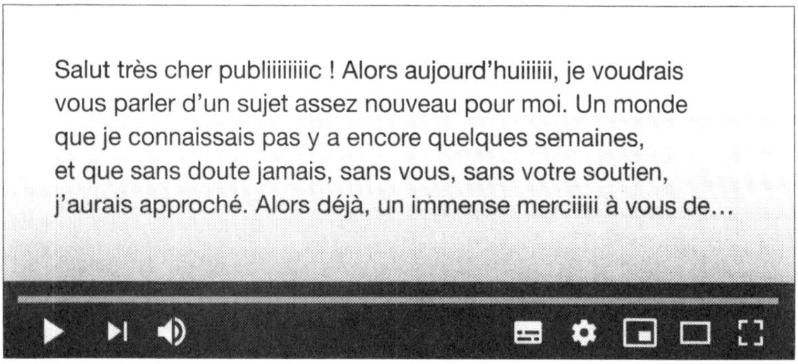

Kim K, le showbiz et moi …

La Tache S'ABONNER

Insupportable. Je fous sur PAUSE. Pierre reste la bouche ouverte, à moitié tordue. Ridicule. J'aurais presque envie de prendre une capture d'écran et de la poster sur Insta…

Je bous. Comment il a pu en arriver là.

Comment on a pu en arriver là.

Comment le système a pu faire ça de lui.

J'ai tellement la haine…

Je le fais sans presque m'en rendre compte. Je prends la capture d'écran de sa gueule de vendu. Vendu au marché. Au fric. À tous ces connards qui font que notre monde va droit dans le mur.

Le reste vient tout seul.

Je me crée un nouveau profil. Viedemerde33. Et je balance sa tof. Avec ce commentaire que jamais j'aurais cru écrire un jour.

“Pauvre Tache…”

PIERRE

J'ai pas parlé à Solal depuis dix jours. Je les compte, ces foutus jours. Je les mémorise. C'est la première fois, hormis le coma, que ça nous arrive.

Au bahut, on la joue guerre froide. Chacun dans son camp. Chacun dans sa tranchée, à guetter un geste, un mouvement. Au milieu, les autres font office de figurants. Solal traîne maintenant avec les skaters du bahut, les mecs qui parlent glisse et vitesse 24/24. Mais je suis pas délaissé, moi. Oh non, bien sûr que non. Je suis le mec le plus entouré de la terre. J'ai plus une seconde à moi pour penser, errer dans le vide. Et, triste ironie, je me suis jamais senti aussi seul qu'aujourd'hui.

Mais personne ne le voit. Personne l'imagine, forcément.

On m'assaille, me tape sur l'épaule, m'incruste des bises et des checks, de quoi je me plains ? Tout le monde tuerait pour vivre le quart de ma vie.

S'ils savaient…

S'ils savaient que lorsque les gens se ruent sur moi, je vois même pas leurs visages. Je saisis pas, je retiens que dalle, je réponds en automatique, comme un vieux smartphone plongé dans l'obsolescence. Les visages sont flous maintenant, interchangeables. J'entends rien de leurs propos fanatiques, juste de la vase avec plein de superlatifs à la con.

En cours, Solal a changé de place. Dès la première heure, il s'est mis à côté de Max, le footeux qui schnouff des pieds. J'ai trouvé ça ridicule. Avant, il en pouvait plus dès que Max était dans les parages, il matait ses baskets, se pinçait le nez, il me regardait genre mais c'est une infection, je vais décéder. Moi ça me faisait marrer, parce que Solal est comme ça, la moindre odeur cheloue et ça le fait disjoncter.

Tiens, de ça aussi, j'aurais pu faire une vidéo.

Trop tard.

Après les cours, je retrouve Agathe. Avec elle, j'espère que j'oublierai un peu. Tu parles.

– Non mais darling, t'as rien posté depuis une semaine !

– Et ?

– Et l'agence t'en parle pas ? Moi je sais que quand Lorenzo ou Kiwi postent pas depuis…

– Arrête.

– Bah quoi ?

Dans sa piaule, Agathe me regarde avec ses yeux de merlan frit et je peux plus, là.

– Arrête de parler de l'agence comme ça. Arrête de parler de Lorenzo ou de KiwiKiwi comme si tu les connaissais. Tu sais rien d'eux.

– Ah pardon ! Désolée de pas avoir mes entrées dans le monde VIP comme toi.

– C'est pas ce que j'ai dit. Pourquoi tout le monde me renvoie mon succès dans la gueule ? C'est pas du tout le propos.

– En plus, tu m'avais dit qu'on irait à la Fashion Week à Paris avec l'agence. Moi j'ai trop envie d'y…

– … Agathe, sérieux, tu fais du hors sujet. On verra. Je suis pas d'humeur à jouer les mondanités. J'ai même plus envie de faire des vidéos.

– QUOI ?

Agathe se raidit. Ses yeux chamboulés vers moi, comme si le monde était en train de courir à sa perte. Comme si tsunamis, ouragans, gilets jaunes et troisième guerre mondiale jouaient au même game.

– Mais enfin ça va pas, mais jamais de la vie ! Tu peux pas ! Tu dois pas t'arrêter maintenant.

– J'ai envie de faire une pause.

– Fais surtout pas ça. C'est à cause de quoi ? La dispute avec Solal ? Les haters ? T'en as de plus en plus mais c'est normal, c'est la rançon de la gloire et avec les vidéos de Solal, tu t'es exposé aux critiques. Ça va passer. Lorenzo aussi à un moment avait…

– Arrête, 'tain. Je m'en fous des haters. Je les lis pas, enfin j'essaie. Le problème, ça n'a rien à voir. J'ai plus aucune inspiration.

– Ta vidéo "Dans la vie de mes darons" était tellement drôle, continue de faire des sketchs comme ça. Les gens en redemandent dans leurs comm.

– Ah tu parles, "Dans la vie de mes darons", quelle blague !

– Pas du tout, c'était génial.

– Mais enfin. C'est pas du tout la vie de mes darons. Si tu y tiens, je vais vraiment parler de mes darons et tu verras, les gens vont moins rire… J'en ai ras-le-cul de faire le marrant, d'inventer des vies. J'ai l'impression de devoir contenter tout le monde, Jack et Gilles, Camille, les fans, toi.

– Moi ? Sympa. Je suis toujours là pour toi. Je fais tout ce que je peux pour t'aimer, je t'ai même donné ma virgini…

– Pardon ? Parce que c'était une faveur que tu m'as faite ?

– Non. Mais…

– Bah quoi ? T'es en train de dire que si. Je t'ai rien demandé, moi. Je t'en avais jamais parlé. Tu m'as pris pour Dweezil ou quoi ? C'est toi qui m'as demandé de te suivre chez toi, tu m'as…

– Parle moins fort, y a Lola !

– Bref. J'en ai ma claque, je me tire. On parle plus tard.

– Sois pas fâché, je voulais pas dire ça comme ça. Attends un peu, embrasse-moi. Si tu te lances dans une nouvelle vidéo, tu verras, ça va te changer les idées, c'est tellement important.

J'acquiesce comme un chien mécanique au derrière d'une bagnole. J'écoute plus. Je vois Agathe floue, elle aussi, ses propos comme la vase des groupies. Je lui fais un smack plus rapide tu meurs et lui promets pour la vidéo.

Agathe me sourit, me dit je t'aime et me demande de lui écrire quand j'en serai au montage. Je répète :

– Promis.

En claquant la porte, je me dis qu'il va vraiment falloir arrêter les frais avec Agathe.

Et faire un sacré ménage dans ma vie.

SOLAL

Maintenant, je comprends les requins. Le sang attire le sang.

Au début, il se peut qu'ils nous croquent par erreur. Vus d'en bas sur nos planches de surf, ils nous prennent pour des tortues. Mais une fois qu'ils ont goûté notre sang, c'est fini. On est morts.

Moi aussi, j'ai goûté au sang. Et depuis, je peux plus m'en passer.

La première bouchée avait un goût bizarre. Jouissif et amer. Avec un fort relent de culpabilité. Une saveur mêlée. Paradoxale.

Sincèrement, je croyais que j'en resterais là. En balançant le comm "Pauvre Tache" sous la vidéo de Pierre, je pensais que je m'étais vengé.

J'avais sous-estimé la puissance addictive du sang. Limite excitante. Et la haine insatiable, qui se nourrit d'elle-même.

J'arrive pas à me calmer. Chaque nouvelle vidéo que Pierre poste est un couteau qui rouvre ma plaie. Et qui ravive ma soif. Pour qu'elle s'apaise, il faudrait que Pierre disparaisse du panorama. S'il était rayé de la carte, alors oui, je pourrais peut-être passer à autre chose.

Mais il rempile, chaque semaine. Comme un métronome. Une semaine = une vidéo = des gerbes de likes et de nouveaux adorateurs = autant de coups de poing en plein dans ma tronche.

Ses vids sur ses nouveaux potes, ses soirées VIP, ses tests d'ordis, de smartphones ou de pompes crient mon absence. Elles me hurlent : Je veux pas de toi, t'aurais dû jamais te réveiller de ton coma, pour moi t'es mort.

Je devrais m'en foutre. Me dire qu'il en vaut pas la peine. Il est passé du côté obscur de la force. Il s'est fait bouffer par le fric et le superficiel. Ses vidéos sont de plus en plus nazes, de plus en plus banales. Il s'essouffle. Son soi-disant talent montre déjà ses limites. Un peu de patience, et il se dégonflera comme un ballon de baudruche. Si quelqu'un t'a offensé, cherche pas à te venger. Assieds-toi au bord de la rivière et bientôt tu verras passer son cadavre...

Ces pensées devraient me calmer. Pourtant elles me filent encore plus la rage. Plus les vidéos de

Pierre sont pourries, plus il cartonne. À croire que les gens ont de la merde dans les yeux ! Ils voient pas qu'il n'a plus ce qui faisait qu'il était unique. Ce qui faisait qu'il était mon pote. Ils voient pas qu'en l'adulant, ils lui font perdre chaque jour un peu plus son âme. Ils le mènent droit à sa perte. Et lui est le roi des aveugles.

Je skate plus. Je mate plus de séries. J'écoute même plus de zik. La zik me ramène trop à Pierre. On avait les mêmes goûts. On écoutait les mêmes sons. Dès qu'on découvrait une chanson qui nous plaisait, on se l'envoyait dans la seconde. Quelle que soit l'heure.

Après les cours, la nuit, le week-end, je squatte derrière mon écran et je me crée des pseudos. Des pseudos de meufs ou de mecs, selon l'humeur. Faut varier les plaisirs. Et masque après masque, je le mords. Je plante toutes mes rangées de dents de requin au plus profond de sa chair. Là où ça fait bien mal. Là où le sang gicle.

Parce que j'ai la haine.

Parce que je suis jaloux.

Parce que peut-être un jour, mes injures le réveilleront.

PIERRE

J'ai quitté Agathe comme on arrache un pansement. J'ai fait ça vite, d'un coup sec, entre deux cours à l'abri des regards pour que personne puisse filmer la rupture et la diffuser sur internet.

Agathe a pleuré beaucoup et j'ai eu de la peine. La même que celle qui a habité en moi le jour où par texto, elle m'avait dit : "Stop c'est mieux si on finit."

J'aurais pu lui rendre la monnaie de sa pièce, tenir ma vengeance mais je ne suis pas une vipère. Je l'ai quittée en live et l'ai même serrée rapidement contre moi en lui disant que l'on pouvait rester amis. Elle n'a pas aimé ça. Elle m'a lancé un regard noir et elle a détalé.

Le soir, c'est triste, je pense ni à elle ni à Solal. Je me réfugie corps et âme dans les vidéos, les montages, les mix et les voix off à poser en post-prod. Je viens de faire un débrief bien fendard d'un nouveau gel douche et même si la marque me paie pour vanter les mérites de ce petit produit aussi frais qu'un fruit, je garde mon humour et ma ligne édito.

Certains m'en font baver. Jour et nuit, on me traite de sale gueule, de couilles molles, de pauvre type, de fils à papa et de tache nucléaire digne d'Hiroshima, ça me révulse autant que ça m'indigne. D'autres pestent de plus en plus contre mes placements de produits et je les emmerde, ceux-là. Si je fais ça, c'est que j'ai mes raisons.

Résultat, j'enrage devant les commentaires tous les soirs tandis que l'agence me refile ses stats.

– 18 % de commentaires négatifs, c'est franchement bien, Pierrot. C'est ce qu'il faut pour maintenir l'attention. Faut juste conserver le plafond sous 30 %, après c'est le début du bad buzz et on ne veut pas de ça chez Talent. Mais t'as rien à craindre, t'es au top.

Les stats et les plafonds, j'en ai rien à foutre. Je lis chaque commentaire, chaque adjectif comme une attaque dans mon inspiration. Je doute de tout maintenant. Je me sens à chier. J'ai des contrats à respecter, des deadlines à tenir, des vidéos à fabriquer et je sais plus gérer. Au lieu de créer, je passe mes soirées à parcourir chaque comm haineux, chaque compte anonyme, chaque profil vide qui vient se défouler gratuit comme si j'étais le vieux punching-ball de service. Mes doigts démangent, mon ventre hurle, le clavier me provoque et j'ai envie de répondre à tous ces cons.

– Faites les fiers, bande de troudballes. Si vous aviez les couilles de mettre vos noms, vos adresses, vos visages, internet serait pas une telle décharge.

AGATHE

– Tu t'y attendais en même temps.

Lola me fait son regard habituel à base de je m'en fous de tes histoires, je suis KO par les médocs.

Mais cette fois, j'ai envie qu'elle compatisse.

– J'ai tout fait pour lui, j'ai tout fait pour préserver notre relation et le mec me jette à la première occase ? Tsss. Je suis sûre qu'il a des vues sur une autre meuf.

– C'est possible, ils sont tous pareils. Rory m'a jamais rappelée après la baise.

– Parce que vous l'avez fait ?

– Tu crois quoi ? Pas vous ? Il est temps de s'y mettre, sœurette.

La réplique de Lola me file une sueur froide. Comme si coucher était une obligation. Comme si pour plaire au premier venu, il fallait absolument se foutre au pieu et écarter les cuisses en un claquement de doigts.

– Tu réponds pas ? Me dis pas que t'es vierge, Agathe ? Moi à ton âge, je l'avais fait depuis belle lurette.

– Non je suis pas vierge, ça va, arrête.

Et si je l'étais vraiment, ça ferait quoi franchement ? Pourquoi dès qu'on pose cette question, on a l'impression qu'on parle de la plus grosse tare du monde. Genre t'es vierge, t'as le cancer, tu vaux rien, t'es en phase terminale.

– Sois pas vexée, je demandais comme ça.

– Je suis pas vexée. Allez je te laisse pioncer, t'as l'air naze.

Je me tire de la chambre de Lola tandis qu'au bout du couloir, j'entends mon reup et sa meuf préparer une recette de mes deux. Je rêve. J'ai jamais vu le paternel cuisiner de sa vie et voilà qu'Estelle déboule et le mec s'improvise Top Chef.

Dans ma piaule, je m'en veux. J'en veux à Pierre. C'est vrai que j'aurais pas dû me donner comme ça, si facilement. Peut-être que si j'avais gardé le mystère, il aurait été encore à mes pieds. Pfff, tu parles. Il se serait trouvé une fille facile en moins de deux, comme tous les mecs impatients. Sauf que là, j'avoue, c'est moi qui ai fait preuve d'impatience. Et j'ai trop honte d'en parler. À qui ? Eva, Nadia ? À ma sœur azimutée ? Leur dire que j'ai couché avec Pierre et que c'est moi qui par insécurité ai tout orchestré ?

Je me demande bien ce que fait Pierre en ce moment. D'habitude, on discute sur Snap à cette heure-là, il m'envoie des selfies débiles pour se moquer de tous ces abrutis qui se filment avec des oreilles de clébard. Alors je me repasse ses vidéos YouTube en boucle et ça me fait un mal d'enflure de le voir comme ça à divertir et prendre soin du monde. Du monde sauf moi. Même pas fichu de s'occuper de sa meuf.

Une colère me prend subitement. C'est normal. C'est l'une des étapes. Pour l'oublier, je dois le détester et j'ai ça en stock. J'ai le hating facile, moi.

– Agathe à table ! C'est prêt !

– J'ai pas faim.

– Quoi ?

– J'ai dit j'ai PAS FAIM !!!

Mon père toque à ma porte et je lui redis que j'ai pas l'appétit ce soir. Il insiste pas. Depuis qu'Estelle dort là, il marche sur des œufs avec Lola et moi. Et le pauvre vieux va une fois de plus bouffer en chiens de faïence avec sa morue, pendant que ses filles restent cloîtrées dans leur piaule. C'est beau, la family.

Sur les vidéos de Pierre, je m'y remets. Vas-y que je pouce en bas toutes ses vidéos depuis la toute première que personne n'a vue. Je sais pas ce que ça change mais ça m'apaise. Je like des commentaires haineux à son égard. J'en écris pas, la flemme de me faire des faux comptes et puis je veux pas tomber si bas. Si un jour je le récupère, je veux pas avoir à traîner ces casseroles-là.

Par contre, j'y vais à fond sur les vidéos d'Emma-Situations. Je la traite de sale grosse et ça m'apaise pas. Alors je continue. Mocheté. Difforme. T'as une tête on dirait que t'as fait de la prison, tes parents c'est des cas soc'. J'sais pas pourquoi mais je suis sûre qu'il se trame un truc entre elle et Pierre. La salope. Je la déteste. Comment j'ai pu être fan d'elle l'année dernière ? La meuf, c'est une fake. Elle suit les tendances, pas capable de plus, ce mouton.

Tiens, Lorenzo a posté une nouvelle vidéo. Depuis trois jours et j'ai rien vu. Comme quoi ma Tache m'accaparait à un point, c'était pas sain. Le Brésilien me fait sourire déjà. Il est tellement beau, tellement vrai. Quand il prend sa guitare et qu'il fait de l'impro, je fonds. Plus rien d'autre n'a d'importance. C'est pas un fake, lui, il est authentique, je l'ai vu dans ses yeux le jour du meet-up. Un vrai mec bien.

Je me refais la vidéo d'impro une deux trois fois. Et je me repasse les anciennes comme au bon vieux temps. Je me rends même pas compte qu'il est minuit et que je suis en boucle sur Lorenzo. Ça m'a fait un bien fou de replonger. Surtout ça m'a fait oublier l'autre tache.

SOLAL

Mail créer rapide

Créer un compte Gmail – Google Support.

Merde. Le serveur me reconnaît et demande mon téléphone pour la vérification d'identité.

Créer un compte Microsoft.

Déjà fait.

Créer un compte Yahoo.

Déjà… à moins que… Je sais. Le serveur reconnaît mon adresse IP mais si je choisis un VPN, j'efface mes traces et je peux créer autant de mails que je veux.

TOP 10 SITES VPN

J'ai l'embarras du choix.

SurfShark
NordVPN
Proton
HideMyAss

Tous payants. Je vais tout de même pas lâcher dix balles par mois pour cracher mon venin. Pendant plus d'une heure, je cherche un VPN gratos qui puisse me faire passer incognito. En vain. Chaque logiciel téléchargé n'est qu'un essai de trente jours où je dois enregistrer mes coordonnées bancaires. Tant pis, j'ai tellement la rage que je choisis NordVPN, le meilleur site selon Google. Avec la CB du paternel, je règle mes dix euros et je tente le tout pour le tout.

Une fois le logiciel installé sur le PC, je peux aller où je veux, States, Pologne, Australie. Je décide de migrer en Suède et en une seconde, j'y suis. Mon adresse IP change aussitôt, je suis désormais suédois et je peux dire les pires horreurs à mon ennemi public.

Créer mail rapide ×

Créer un compte mail gratuit sécurisé.
GMX Caramail.

Je clique sur le site et je tombe sur une messagerie. Celle d'Alix Leclerc. Je me doutais que j'avais déjà utilisé GMX. Sauf que je n'ai pas écrit de troll depuis des jours avec cette Alix. Je peux m'en resservir pour quelques comm.

Connexion SSL.
Identifiant Alix-Leclerc43
Veuillez entrer votre mot de passe.
Pierreleconnard
⚠ VEUILLEZ RÉESSAYER. ⚠
Vous avez saisi une combinaison
adresse email / mot de passe invalide.

C'est quoi déjà ? J'aurais dû écrire sur une feuille les mots de passe associés à chaque email. Mais même dans la fraude, je sais pas être organisé.

Je tape au hasard :

Pierreleconnard!
⚠ VEUILLEZ RÉESSAYER. ⚠
Vous avez saisi une combinaison
adresse email / mot de passe invalide.
Chaque mot de passe doit comporter 8 caractères
et au moins une majuscule et un symbole.
Pierreconnard!
⚠ VEUILLEZ RÉESSAYER. ⚠

Vous avez saisi une combinaison
adresse email / mot de passe invalide.
Chaque mot de passe doit comporter 8 caractères
et au moins une majuscule et un symbole.
pierreconnarD
⚠ VEUILLEZ RÉESSAYER. ⚠
Dernière tentative.

Dernière tentative, bon. Je change de pays au cas où, me voilà maintenant au fin fond de l'Espagne.

PierreLeconnard!
⚠ TENTATIVE DE CONNEXION SUSPECTE BLOQUÉE. ⚠
Si vous êtes l'administrateur de cette messagerie,
veuillez réessayer ultérieurement.

BORDEL.

Je suis à deux doigts de tout faire valdinguer. Tous ces efforts pour quoi ? Une petite phrase mesquine perdue dans l'océan des éloges. Ça me dépasse. Comment autant de crétins peuvent n'avoir d'yeux que pour Pierre ? Encore que s'ils le connaissaient, ils auraient le droit, ils pourraient savoir de quoi ils parlent. Mais là ils ont le Pierre abruti et superficiel qui pose comme un moustique face à son ampoule, le Pierre vide comme une huître, insipide.

Je dois trouver un autre nom pour me défouler.

Serveur mail gratuit rapide sans identité ×

Je scrolle, scrolle, scrolle jusqu'à trouver exactement ce qu'il me faut.

YOPMail : email jetable et anonyme.

Parfait ! Jetable et anonyme, c'est tout moi.
Je note les étapes et j'invente au vif.

PRENOM : Fleur
NOM : Bidoche
Age : 19

Je scrolle la roulette et hop.

Né(e) le : 02/09/87
⚠ VEUILLEZ RÉESSAYER. ⚠
Il semble que votre âge et votre date de naissance ne coïncident pas.

J'ai pas le temps bordel. Je calcule.
Née le je sais pas.
2001.
L'avertissement disparaît.

Adresse postale : Rue du Puits 33000 Bordeaux

Non, pas Bordeaux. Trop louche.

Madrid.

Une hateuse internationale. Génial.

Je termine le formulaire et Fleur existe. Sur l'océan YouTube, Fleur se lance freestyle, elle crée un pseudo entre les grosses vagues, ajoute ses chaînes préférées, ses abonnements, sa vie composée de toutes pièces, la voilà prête.

Prête à attaquer sa proie.

PIERRE

Tiens, une nouvelle meuf qui s'acharne. Vingt-sept minutes, ça faisait longtemps. Elle s'appelle comment cette no-life ?

Fleurlamadrilène.

Fleur, pas bien espagnol comme nom. Elle aurait pu faire un effort de traduction. Mais je doute qu'elle vienne du territoire ibérique vu son bagout frenchie.

Fleurlamadrilène T tout pété sérieu arrête tes vidéo.

Fleurlamadrilène tu fai tiep.

Fleurlamadrilène moisi retourne chez ton daron.

Fleurlamadrilène MDR en fait non pas MDR
y a vraimen d gen qui rient là ?

Fleurlamadrilène Jpref crever que de rire de tes conneri
de miskine.

Fleurlamadrilène T moch tu ressembl à un pokemon, celui qu'on veu jamais attrapé.

Si cette dernière n'était pas désastreusement orthographiée, je crois que j'aurais ri.

Fleurlamadrilène on sen bat les reins de ce que tu dis, tai toi pauvre type.

Fleurlamadrilène T sapé comme un clochard.

Fleurlamadrilène va te cacher avec tes blagues Carambar, tu veu faire un partenaria ?

Fleurlamadrilène POURRI T POURRI.

Fleurlamadrilène T tro con même pas jte rakett.

Fleurlamadrilène t'étonne pas si personn peut te blairer t'es un blaireau.

Deux heures à lire les lettres d'amour de Fleur la madrilène, ma nouvelle troll. Deux heures que j'enchaîne avec les haters Alix-Leu-Leu, Mat31, XXOlk, ZeldaW, Weshfréro et j'en passe. Deux heures et j'ai rien branlé. Pourquoi c'est plus fort que moi ? Pourquoi quand je finis mon petit tour des insultes du jour, j'ai plus envie de rien ? Je me sens comme une vieille bassine percée. Et Solal me manque, c'est peu de le dire. Mais qu'on compte pas sur moi pour revenir vers cet enfoiré.

Il a été trop loin. La jalousie, l'aigreur, l'étroitesse d'esprit, je peux pas. J'ai assez de mon père comme ça.

Maintenant j'ai l'impression d'être mon propre troll face à ma caméra. J'ai la bouche vide, les mains qui suintent, plus d'idée. En plus, l'agence m'a foutu la pression après leur débrief.

“Il nous faut une nouvelle vidéo d'ici samedi, tes abonnements stagnent, tu fidélises pas trop mal mais tu conquiers plus. Vitesse supérieure, là, allez.”

J'ai enregistré trois débuts depuis mercredi mais à chaque fois, rien ne se passe. Le bide. Le néant. Moi-même j'en peux plus de m'entendre raconter des conneries. Il faut que je sois plus incisif, plus décapant, mais tout a été déjà fait. Le bahut, les loves, la famille, les amis, les réseaux. Plus d'idée. À l'origine, je devais parodier tout ça, pas en faire partie.

Sauf que je suis lié par contrat. Si je respecte pas les termes du deal, je perds tout. Je retombe dans l'anonymat et qu'est-ce que j'ai, moi, dans l'anonymat ? Plus rien maintenant. Merci la fabrique des abrutis.

Je finis la soirée, blasé. De l'autre côté de la cloison, j'entends mon reup passer un savon à ma mère à propos de la vaisselle mal faite. Je me sens coincé. Ma vie IRL. Ma vie virtuelle. Toutes les deux merdiques. Il me faut une issue de secours.

Mon plan B. Je le connais.

J'y pense depuis longtemps. Mais je pensais pas qu'un jour j'oserais.

AGATHE

Message privé de Nadia-Oh-Na-Na.
SMS May BFF
Appel manqué Eva ma Jouuulie
Snap QueenBenjamine

Il se passe quoi là, j'ai raté un truc ? Y a une troisième guerre mondiale ? Je laisse mon téléphone trois secondes et vlà que le bahut me contacte.

Nadia-Oh-Na-Na

Agathe, Pierre parle de toi dans sa vidéo.
Je voulais te prévenir.

May BFF

Merde je savais pas que vous aviez cassé,
si t'as besoin de parler je suis là 🖤

QUEENBENJAMINE

| T'as vu ton mec enfin ton ex ? Limite tu vas devenir connue. 🤣

Je déguerpis du salon où ma reum m'initiait rapido au yoga pour débarquer sur les internets. Pas besoin de taper l'adresse. Au premier Y, l'ordi se branche direct à YouTube et au compte de Pierre que je consulte seize fois par… heure. Je suis en transe. La peur au bide. S'il règle ses comptes et que je passe pour une pauvre meuf ? Alors je suis morte.

Salut à tous ! Bon, vidéo pas ouf ce midi, je dois vous le dire direct. Je viens de rompre. Bouh.
Pleurs en fond sonore. Musique de Titanic.
Attention, les filles, je vous vois venir. Cette vidéo n'est pas un fin stratagème pour draguer les internautes qui passeraient par là. Quoique. Non sans déc', je voulais dire. Quoi en fait ? Juste vous parler de ma vie privée.
Je vous avais jamais dit mais je sortais avec une Agathe pendant quelques mois et j'ai rompu. J'entends déjà les "salaud", "sale con" dans la pièce.
Foule qui hue qui siffle dans un stade de foot.
Elle aussi m'avait quitté une première fois alors pas de chahut, merci. En fait, Agathe et moi, ça n'allait pas. Peut-être parce que vous êtes là à me regarder presque tous les soirs.
Je vous blâme pas mais. Y a plein de raisons en fait.
Mais quand je repense à Agathe, je voulais vous dire.
Je voulais vous dire, les filles.
Sans vouloir être sexiste.

Il faut arrêter de croire que nous les mecs, on adore que vous mangiez jamais. FAUX. On préfère de loin quand vous dévorez un bon steak ou, pour les vegans, un bon steak… de soja. Vous savez, manger c'est bon pour la santé. Vous le savez pas ? Mon ex à moi, par exemple, dès qu'on était ensemble, elle faisait genre elle était rassasiée après une feuille de salade. J'avais envie de lui dire : Tu veux un petit pois pour ton dessert ou ça risque de faire trop ? Aussi, les filles, arrêtez de dire exactement ce qu'on attend de vous. On veut que vous ayez des opinions, des sautes d'humeur. Agathe, depuis que je marche ici, grâce à vous, hein – *bruit de bisou* –, elle était en mode amen à tout. Gênant. Elle me faisait limite des courbettes, elle en pouvait plus. Je savais pas comment lui dire : Hé mais meuf, arrête t'es fake, là, dis-moi vraiment ce que t'as en tête.
J'imagine que maintenant elle va le savoir. Merde. Je suis con quand je m'y mets. Mais je dis ça gentiment, c'est pour elle, pour vous. Arrêtez de faire selon le mec. Moi je l'aimais beaucoup, on aurait pu aller loin ensemble mais à cause de YouTube, elle était devenue pas naturelle. Elle était juste une fan.
Aussi les filles, arrêtez de vous prendre toujours en pose Snap aguicheuse, je vous jure. Y a des mecs qui vous le demandent, je sais, j'en ai plein des trouducs comme ça dans mon bahut aussi, mais respectez-vous, quoi. Surtout qu'après ça fait des histoires.
D'ailleurs ça me fait penser. Snap. Tellement de choses atroces sur Snap. On commence par quoi ? Les rigolos de service qui snappent pendant qu'ils font caca par exemple et qui l'envoient à tous leurs contacts. Ça se fait pas. Ceux qui font des vids avec leur doigt sur le micro genre ça grésille tout du long. Ça se fait pas. Ceux qui relèvent ces défis à la con juste pour être populaires et se cassent des jambes, des bras et finissent dans le coma. Ça se fait pas. Ceux qui font des Snap Zoom sur les gens dans le métro, dans la rue, au bahut. Non ça se fait toujours pas. Arrêtez de jouer les moutons. Faites des trucs normaux.

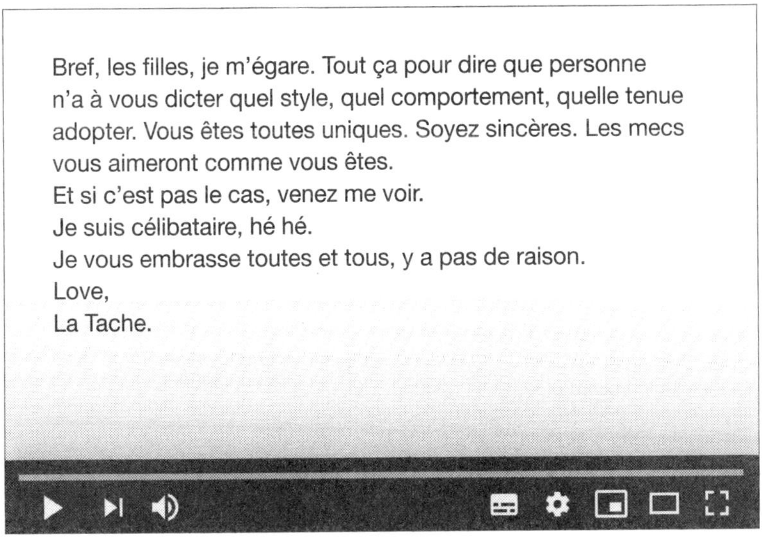

Agathe et moi ...

La Tache S'ABONNER

J'avais raison.

L'enflure m'a fait passer pour la dernière des pauvres filles. J'ai trop la haine.

SOLAL

Je rentre du bahut, la bise en passant à Agathe, tellement dég depuis la dernière vidéo du connard.

Elle me fait en mode drama :

– T'as vu, hein ? Fais pas genre. Je sais que t'as vu.

Eva et Nadia baissent la nuque en potes solidaires et j'ai pas le choix que d'être franc.

– Oui, j'ai vu. Tout le monde a vu, Agathe. Mais allez… donne-toi une semaine et les gens s'en foutront.

– Facile à dire. On m'a traitée de miskina toute la journée, j'en peux plus.

– Je sais mais sois patiente, tu vas voir, ça marche toujours comme ça, un bad buzz en chasse un autre.

– Tu parles, je vais rester la miskina jusqu'à la fin de l'année.

– Dans une semaine, crois-moi, il va se passer un truc bien plus ouf que ta petite affiche sur YouTube.

Agathe et ses copines me regardent sans comprendre. Peut-être que j'en ai trop dit. Peu importe. Avant de tourner les talons, je lance une dernière phrase à l'ex de mon ex-meilleur pote, histoire de noyer le poisson.

– Allez courage. Au pire, regarde pas les réseaux pendant deux-trois jours, tu verras, ça peut pas te faire de mal.

Au même moment, Pierre apparaît au loin et sa silhouette me glace le sang. S'il savait ce que je lui prépare. Il nous voit, Agathe et moi, discutant près de la loge du gardien. Il fait genre que ça l'atteint pas, bien sûr, il marche d'un pas assuré vers sa voiture Uber que l'agence a mise à disposition pour plus de discrétion.

Pierre se met à éclater de rire au téléphone comme pour nous dire : Je suis au-dessus de vous, les gars, j'en ai rien à foutre de vos histoires, j'ai mieux à faire. Et il disparaît dans sa berline.

Et crois-moi, mon pote, que tu vas bientôt disparaître.

Sur le chemin du retour, j'y repense, ça me fout en rogne. Mon meilleur ami d'enfance devenu l'ennemi public numéro un. Le mal à abattre. Parfois ça me fait bizarre. J'ai l'impression de vivre une autre réalité. Un canular genre caméra cachée. Alors pour me soulager, je récapitule toutes les étapes qu'il va me falloir gérer pour mener à bien mon plan. Je suis pas du genre machiavélique mais là je dois pas me rater. C'est moi qui vais tirer les ficelles.

Moi qui vais faire imploser internet.

PIERRE

– Pierrot mon Pierrot, t'es là ?

– Tu me fais un call bientôt ?

– C'est urgent.

– Besoin ASAP de te parler.

– Je sais qu'il est tard mais t'inquiète.

Mon WhatsApp déborde de messages vocaux de Gilles. Il m'agace. Au lieu de prendre huit secondes à écrire des textos, il m'enregistre ses insupportables messages vocaux. Et comme ils sont vérifiés d'un V bleu à chaque écoute, je dois tout me coltiner sinon Gilles va me faire un caca nerveux.

Y a rien de plus fliquant que WhatsApp. Rien de plus terrible que ces réseaux qui marquent vu, lu, V, à chaque fois qu'ils nous envoient des messages. Big Brother en plein dedans. Mais je suis pas certain qu'Orwell avait prévu le cauchemar avec des filtres licornes, paillettes, mignons koalas. Quel monde de merde et personne s'en rend compte, à part Solal évidemment mais il est hors sujet maintenant. Alors j'ai plus qu'à vivre avec tous ces gens qui sur Snap et Insta se filtrent en princesse, en zombie, en diable ou en joli toutou à grandes oreilles. Et moi j'ai qu'une envie. Les refourguer à la SPA.

J'aimerais tellement parler de ça dans une future vidéo. Parler de ces traques permanentes, de ces chasses et ces règlements de comptes qu'on se donne tous sur les réseaux, comme si on se suivait, qu'on était nos propres CIA et nos propres terroristes à talonner mais qu'on s'en foutait de cette pression, parce que maintenant, il existe Face Swap et que c'est bien rigolo d'échanger de visage avec son voisin de Snap.

Gilles continue son harcèlement.

– Appelle-moi, mon canard.

– Même à minuit OK ? Ma gamine est pas là cette semaine, elle est chez sa mère, alors t'hésites pas.

– J'aimerais bien gérer ça avant demain.

– Pierre ! Allez bouge-toi.

Les messages s'emballent. Gilles perd patience et sa voix s'assombrit. Je suis pris soudainement d'un flip. Qu'est-ce qui est si urgent et ne peut pas attendre demain ? Un nouveau contrat ? Une proposition de partenariat ? Une soirée à Mykonos pour fêter mes tout beaux tout chauds deux millions d'abonnés ?

Sauf qu'il n'y a rien de festif dans sa voix. Je sens que Gilles vient pour autre chose. Est-ce qu'il sait un truc ?

Impossible. J'ai fait gaffe d'effacer mes traces. Je suis prudent. Personne ne se rendra compte de ce qui se passe. Et tout continuera comme avant. L'agence aura ses vidéos à temps, les abonnés mettront des likes et des va crever, et moi je pourrai amasser de la thune tout en soufflant un bon coup.

En attendant, j'écris à Gilles.

Désolé suis au lit. Je t'appelle à 8 heures promis.

Au moins on peut dire une chose sur les réseaux. On devient tous des pros dans l'art du mensonge.

AGATHE

– Ça va les filles, je vous assure. Pas besoin d'une garde rapprochée non plus.

À la fin du cours du nazi, Eva insiste pour que Nadia et elle me raccompagnent. Alors que j'ai juste envie de chialer alone.

– Promis, je vous appelle ce soir.

Je détale comme une voleuse. Je suis trop mal. Au bahut, maintenant que Pierre m'évite, on me regarde comme une paria. Pire que May après son histoire avec Frederika. Les gens adorent les pauvres filles, les pauvres types, ceux qui se font écrabouiller par la honte et l'acharnement. Et quoi de plus honteux que de se faire taper l'affiche sur le YouTube d'un mec suivi par deux millions de boloss ?

Pierre n'est même pas venu s'excuser après la diffusion de sa vidéo de merde. À croire que Solal avait raison, il a pris la confiance. J'aimerais pouvoir en parler à quelqu'un mais j'y arrive pas. Je trouve pas les mots. Lola comprendrait pas, elle hausserait les épaules en se foutant de ma gueule. Alors il me reste les réseaux.

Depuis une heure, je bugue comme une conne sur mon selfie Snap.

AGATHE
| Je me sens... nulle. 😩

Non, trop passe-partout. J'efface.

AGATHE
| Je me sens... affreusement mal.

Trop tragique. Les gens vont rire.

Et j'ai besoin de soutien. De réconfort.

Je me casse de Snap. Je veux pas d'un mot doux de gens qui me suivent par hasard et que je ne connais même pas. Sur Facebook, c'est dead mais je me sens comme avant. Avec les potes d'enfance, les vieilles connaissances.

Je clique sur la barre centrale du statut et Facebook me dit :

Que voulez-vous dire, Agathe ?

J'écris direct.

Je me sens... vide. 😶

Non toujours pas. Les gens vides, c'est les dépressifs aux histoires atroces. Moi je suis pleine de vie et d'énergie, personne compatirait.

Je me sens… confuse. 😖

Trop léger. Émoji pas à la hauteur.

Je me sens… perdue.

Voilà, c'est bien ça. Je me sens perdue. Quelqu'un a une boussole, une carte ? Quelqu'un veut bien me prendre la main ?

Je me sens… perdue. Émoji… je cherche. Y a quoi comme émoji pour dire qu'on est perdu ? Rien. Sur les cinquante émoticônes de Facebook, j'en vois pas un qui corresponde à mon état. Rien ne se résume à ces émotions standard comme la peur, l'amour, la faim, la soif. Pas des émotions, je sais, sauf que c'est facile sur internet de montrer qu'on a faim, qu'on est malade, qu'on a envie de vomir. Et celle qui me donne envie de gerber là tout de suite, c'est moi.

Mon père m'appelle pour bouffer et cette fois, j'ai pas la force de dire non. Je cache mon téléphone dans la poche arrière de mon jean, interdiction de portable à table, et je rejoins Lola, mon père et sa meuf. Je mange en deux-deux, silencieuse, et c'est comme ça que me vient l'idée. Un compte YouTube. Mais oui.

Un compte YouTube !

Sérieux, pourquoi pas ? Mon compte à moi. Ras-le-bol de faire la suiveuse et de me pâmer pour ces Pierre, ces Lorenzo, tous ces mecs qui me donnent pas l'heure. À mon tour de faire entendre ma voix. Alors que je termine ma ration de purée maison, je me cherche un pseudo. Lola m'interroge du regard et je lui fais genre cherche pas je te raconterai plus tard.

Je checke en sous-marin mon téléphone. Je rêve, seulement neuf likes sur mon statut. Moi j'ouvre mon cœur, je fais part de mes états d'âme et le monde s'en fout. Raison de plus pour virer sur YouTube et jouer de mon charme.

Je pourrais m'appeler la Miskina. C'est bien, la Miskina. Faut dire que la Tache a tellement marché qu'on a droit à ses frères et sœurs, PetitNain, laBaleinede62kilos, Yeuxquilouchent. C'est malin. Et puis Miskina, ça en jette. C'est de l'arabe je crois, faut que je demande à Nadia.

Allez, je me lance. C'est décidé. J'ai zéro matos mais mon iPhone suffira, ça fera côté homemade, sincère. Ma première vidéo, je sais direct ce que je vais raconter. Voilà les gens, je me présente, je suis la fameuse Agathe de Pierre. J'ai déjà tout en tête. Faut juste que je termine mon assiette.

SOLAL

Chaque soir le même rituel.

Un hello rapide au daron scotché à son ordi sur le comptoir de cuisine, je file dans ma chambre et ferme à clé. J'allume le PC, ouvre le dossier Pierre, chacune de ses vidéos s'affiche par titre et ordre chronologique de publication.

Grâce à Videovor.com j'ai pu enregistrer tout le contenu vidéo sur l'ordi. J'ai tout revu des dizaines de fois, tout passé en boucle. J'ai calé chaque vidéo sur mon logiciel de montage. J'en isole les sons, les effets numériques, les chansons empruntées illégalement sur des plateformes de distribution. Évidemment que la chanson de Roméo Elvis n'est pas libre de droits. L'abruti l'ignore mais il va tomber.

Je comptais pas le dénoncer pour violation de droits d'auteur. C'est naze. Pas assez fort. Surtout que tous les youtubeurs le font. Ils prennent des chansons à la mode et les mettent en fond sonore pour plus de clics. Il me fallait un truc bien plus dark et depuis des jours, je le cherchais. Je connais mon meilleur pote comme personne alors je guettais le moindre de ses faux pas. Et après des jours à étudier chaque seconde virtuelle de la Tache, j'ai trouvé.

La vidéo "Agathe et moi".

Ma star YouTube préférée vient de se griller et je suis le seul à le savoir. J'ai tout de suite tiqué. Parce qu'au cours du week-end, Pierre a uploadé deux autres vidéos. Au début, je me suis dit qu'il l'avait fait sous la pression de l'agence pour faire oublier les vues faibles d'"Agathe et moi". À peine 100 000 vues en vingt-quatre heures, paye ton bide. C'est que le Pierre carbure moins quand il fait pas dans les violons et les potes dans le coma.

Puis j'ai senti qu'il y avait anguille. J'ai passé la vidéo d'"Agathe et moi" au crible et j'ai remarqué que le visage de Pierre était crispé, figé, comme s'il cachait quelque chose. Bien sûr, aucun internaute ne s'en est aperçu. Personne n'en parlait dans les comm et sur les réseaux, parce que personne ne le connaît. Mais moi, je sais quand le mec veut planquer un truc pas net.

Alors je me suis mis au boulot et j'ai isolé chaque phrase. Chaque blague. Chaque moment où Pierre paraît mentir. C'est facile avec lui, quand il ment, il regarde sur les côtés, il a le regard fuyant, lâche, à son image. Et avec mon logiciel, j'ai fait des découpes, des arrêts sur image. J'ai fractionné la vidéo en trente-trois morceaux. Par huit fois Pierre semble mal à l'aise, le regard sur la gauche, loin de l'objectif, et j'ai retranscrit. La moindre vanne pourrie à ces moments-là. Sur Snapchat, sur les filles.

On préfère de loin quand vous dévorez un bon steak ou, pour les vegans, un bon steak… de soja. Vous savez, manger c'est bon pour la santé. Vous le savez pas ?

Et j'ai compris.

J'ai pigé que les blagues de Pierre n'étaient pas de lui. Qu'il est devenu un putain de plagieur.

Sur mon fichier, j'ai maintenant toutes les preuves. Les séquences où il plagie, pique des vannes, des accroches, des phrases entières, au mot près. Quelle enflure ! Maintenant il va redescendre. Il va finir caché six pieds sous terre avec ce bad buzz qui l'attend.

Il m'aura fallu des nuits entières pour retrouver les vidéos que Pierre a pillées. Des nuits à coups de mots clés sur la barre de recherche Google, à regarder des milliers de vidéos de youtubeurs pseudo-humoristes. J'ai vu des horreurs pendant des jours et des jours, même au bahut, je bouffais mon vieux rôti de porc devant des blagues à chier de petits playboys anglais ou américains. Sauf que j'ai ciblé, j'ai trié les types d'humour, de sujets. Une nuit, je me suis mis en tête de chercher toutes les vidéos marrantes relatives à Snapchat. J'ai rebondi de vidéo sponsorisée en vidéo sponsorisée. Et j'ai trouvé. Un Américain. Un métisse avec des dents plus blanches que ses baskets. Et au mot près, le mec disait la même chose.

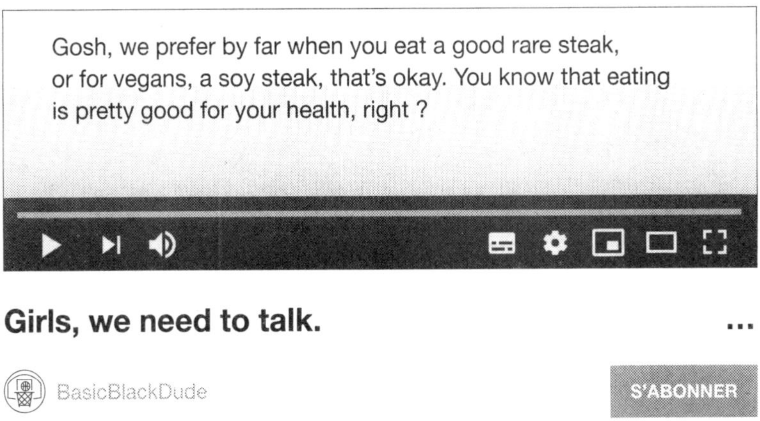

J'ai bondi de ma chaise. J'ai crié de joie. Quand j'ai entendu ça, en anglais, j'ai eu l'impression de remporter la palme. Et puis je me suis dit : Bravo mon gars, t'as fait fort. T'as été malin de piquer les idées d'un youtubeur que personne ne connaît, à peine 30 000 abonnés, chapeau. Pas mal joué, l'ami. Mais t'as quand même perdu. Parce que sur internet, tôt ou tard, tout se sait. Il suffit de le vouloir.

Alors, fier comme un paon, j'ai créé un compte YouTube intitulé SaleCopieur. J'ai finalisé ma vidéo plagiat #1, uploadé sur mon compte vierge, tagué le monde entier. Tous les influenceurs. L'agence. Tous les gros de YouTube.

Tout est prêt pour demain matin. J'aurai plus qu'à cliquer. Et le monde saura. Pierre paiera.

PIERRE

Je me réveille en sursaut. Mon téléphone hurle contre la table de chevet et, de suite, je bougonne contre ce relou de Gilles qui n'a pas attendu 8 heures comme je lui ai demandé hier soir. Tant bien que mal, j'essaie de me rendormir, tête plongée dans l'oreiller, les jambes recroquevillées. Mais de plus belle ça vibre, ça fait cling, ça push, ça pop, et le monde entier veut m'avaler ou quoi ? Qu'on me laisse pioncer au moins jusqu'à 7 heures.

Dans le vacarme technologique, je sors péniblement une main de la couette pour éteindre l'iPhone en feu. J'ouvre un œil pour swiper sur Éteindre quand je vois toutes les notifications qui prennent d'assaut l'écran. Des centaines. Mon deuxième œil s'ouvre et c'est pas un incendie qu'il voit, c'est une éruption de volcan.

zefilms001 Connard.

SabrinaKarueha Tu vas payer.

Dimitriii Pauvre type.

Mathou T'es qu'une merde.

Zef Sale baltringue.

Les habituelles insultes. Mais ce matin, c'est plus virulent, plus dirigé, y en a des centaines à la seconde, quelque chose est en train de se passer. Je fais défiler la liste d'un regard inquiet. Dans le lot, pas de nouvelles de Gilles. Aucun mot de l'agence alors que chaque matin, j'ai droit à une notif automatique sur mes stats nocturnes.

Je tombe tête la première dans la lave.

Nikita Voleur, t'as pas honte ?

Des voleurs par dizaines, par centaines.

Ramdom Voleur. Sale voleur. Espèce de sale voleur.

Lucifer43 Comment t'as pu ? Je t'adorais… C'est minable ce que t'as fait…

AmelHSF1 Comment tu t'es foutu de notre gueule.

FanCasadePapel On aime pas les copieurs, casse-toi de YouTube.

MinouMasqué T'es qu'un charlatan, depuis quand tu nous mens ?

Nora 💩 💩 💩 Je t'ai jamais aimé mais là, je trouve ça honteux…

Enseveli sous la lave, je fais face à mon verdict.

Anouk020 Tu sais que le plagiat est un délit puni d'une peine de prison ?

Je reste cloué au lit, immobile, paralysé, la honte dans le creux du bide. Je craignais qu'on l'apprenne, tôt ou tard, mais pas si vite, pas maintenant.

J'appelle Gilles pour lui expliquer mon geste, mais silence radio. WhatsApp indique pourtant qu'il était en ligne il y a six minutes. Je lui écris. Je bombarde l'écran de messages et calme-toi bon sang, faut que je fasse le mec innocent, le mec qui comprend pas. J'appelle alors Camille, je tombe sur sa messagerie. Je contacte l'agence, le standard, je fais tous les numéros possibles et imaginables, jusqu'à celui de Jack, l'autre patron de Top Talent.

– Allô, c'est Pierre, désolé de t'appeler si…

– Je suis réveillé depuis un bail, Gilles m'a appelé y a une heure…

– Je voulais vous prévenir de…

– On sait, te fatigue pas. T'as plagié et tu t'es fait baiser comme un bleu, bravo.

– Je peux expliquer, j'étais en plein…

– On s'en cogne, Pierre. La vidéo te compromet, il faut qu'on gère ça.

– Quelle vidéo ?

– T'as pas vu ?

– Non.

– Une vidéo qui montre que tu as repris mot pour mot plusieurs contenus d'un youtubeur américain.

– Une vidéo de qui ? Un youtubeur ? KiwiKiwi ? Je sais qu'il peut pas me blairer… C'est un jaloux. Ou alors c'est Formul…

– Écoute, il s'appelle SaleCopieur, on a aucune info à part son channel où il a mis une bannière avec le hashatg #justicier en fond noir. Et sa putain de vidéo gonfle en K à chaque putain de minute. C'est la merde, tu t'en rends compte ? Tu nous fous bien dedans jusqu'au fond là.

– Je peux tout vous expliquer…

– On s'en branle de tes explications ! On en est plus là, maintenant on doit manager ton plagiat. Gilles et l'équipe sont en train de rédiger un communiqué de presse, on a mis nos avocats sur le coup, on doit colmater les brèches, là, réduire les dégâts au max avant dix heures du mat', tu piges ?

– Qu'est-ce que je peux faire ? Je dis quoi sur mes réseaux ?

– Tu fermes ta gueule, Pierre, tu fais le mort. Tu devras probablement faire le mort pendant très longtemps.

AGATHE

4 minutes 28. Parfait pour une première vidéo. Moi, face cam. Assise sur mon lit. En mode simple. Sans chichis ni pseudo-effets. Pas de montage non plus. À quoi bon se prendre la tête ? C'est pas ça qui compte. On parle pas d'aller faire les Oscars. T'façon, j'ai enregistré le truc deux ou trois fois et franchement, la première prise était la meilleure. La plus fraîche.

Moi, je crois en la sincérité. Je mise tout dessus. C'est ce que je recherche chez les youtubeurs. C'est pour ça que je suis à fond sur Lorenzo. C'est aussi ce qui a plu chez Pierre quand il a fait sa vidéo sur Solal dans le coma. Le côté Balance tes tripes.

Après, je m'étais soignée quand même. Je me suis lissé les cheveux. J'ai vérifié que l'épilation des sourcils était nickel. Et puis je me suis maquillée, en mode naturel – fond de teint effet peau nue, poudre à yeux beige, gloss légèrement rosé. J'ai enfilé un pull noir col bateau qui laisse voir une épaule. Sexy sans être pute. Et surtout, indémodable, le noir. J'ai aucune envie quand je serai célèbre qu'on déterre ma première vidéo en mode je te fous la honte. Genre on m'invite sur un plateau télé parce que je serai devenue l'influenceuse incontournable, et là le présentateur balance une musique toute ringarde, façon Souvenez-vous Agathe, c'était il y a un an et demi. Et tout le public dans la salle qui se met à ricaner…

Non, je suis pas débile. J'ai peut-être l'air de rien, de la meuf passive qui se contente de suivre le mouvement. Sauf que rien ne m'échappe. J'observe tout, je retiens tout. J'ai bien capté la leçon de Gilles et des autres types de l'agence. Ces semaines avec Pierre m'auront au moins apporté ça. Je les ai entendues, leurs conversations. Je les ai intégrés, leurs conseils. Je sais qu'il faut jamais rien laisser au hasard. Qu'il faut maîtriser son image. Tout le temps. Même quand on lâche les vannes, on gère. Pas le droit à l'erreur si on veut être sur le podium. Contrairement aux autres débutants, je sais tout ça. Quand je serai repérée et qu'une agence viendra me recruter, je serai déjà prête.

Je suis déjà prête.

J'ai envie de le leur dire à tous, d'ailleurs. De le hurler sur les toits. Hé ho, les mecs, c'est par là que ça se passe ! Regardez-moi bien, parce que je suis prête !

Alors je m'avance sur le plongeoir de dix mètres. Impressionnée quand même, faut pas déconner. Mais confiante.

Et le cœur battant, je saute dans le vide.

“Ma vie avec la Tache.” Ça y est. La première vidéo de LaMiskina est en ligne !

Je peux pas détacher mes yeux de l'écran. Moi, Agathe, lâchée dans le grand océan du net… C'est trop la classe de voir son visage au milieu du décor de YouTube ! Avec le logo rouge juste au-dessus de sa vidéo. Le titre en dessous. Le nombre de vues. La date. Et ma photo de profil dans le petit rond, tête légèrement penchée en mode modeste.

Je clique sur ma vidéo. Je la regarde comme si je la voyais pour la première fois. Comme si j'étais une spectatrice et que c'était pas moi qui parlais. Ça fait un peu bizarre mais je me trouve bien. Sérieux, si je me découvrais là, dans cette vidéo, je me mettrais des pouces. Je me trouverais belle. Je crois même que je pourrais être jalouse de moi.

Et puis je débarque pas de nulle part. Je suis déjà un peu connue. Les gens ont entendu parler de moi par Pierre. Ils doivent vouloir découvrir l'autre côté du miroir. Obligé. Si Lorenzo avait eu une copine et l'avait affichée comme Pierre a fait pour moi, j'aurais voulu avoir sa version à elle de l'histoire.

Impossible de détacher mes yeux de l'écran. Je me repasse ma vidéo en boucle. Et chaque fois que je rafraîchis la page, j'espère voir monter les vues.

Pour l'instant, ça vient pas. Mais pas de panique. Avec "la Tache" dans le titre, ça va forcément attirer du monde. C'est ce qu'ils disaient toujours à Pierre, à l'agence. Soigne tes titres ! Les titres des vidéos, c'est super important. Faut penser référencement. Parmi les milliards de contenus YouTube, il faut se démarquer. Sinon t'es noyé.

En attendant que le nombre de vues grimpe et, j'espère, explose dans les heures qui viennent, je fais le bilan. Objectivement, je suis jolie. Stylée. Sincère. Et Pierre, malgré lui, m'a ouvert la porte de la célébrité. Obligé, je vais cartonner !

SOLAL

Je pourrais me satisfaire du résultat. M'arrêter là. J'ai réussi haut la main. J'ai fait tomber Pierre de son piédestal. Aujourd'hui, il est détrôné. Muselé. Fini. Je tiens largement ma vengeance.

Sauf que j'arrive pas à m'en contenter. J'ai goûté à la victoire, et c'est addictif.

Maintenant, je les prends une par une, les vidéos du Taché. Je les passe aux rayons X. Je veux toutes les démonter. Exposer au grand jour la boue dégueulasse de son plagiat. J'irai jusqu'au bout. Rien ne pourra m'arrêter.

Je les décortique comme des crevettes, mot à mot. Avec un soin de serial killer. Je crois que je m'étais jamais autant appliqué de ma vie. Même pour bosser mes figures de skate.

Je compte pas mon énergie. J'y passe tout le temps qu'il faut. Des jours. Des nuits entières. Je continue aussi pendant les cours. Je me découvre acharné. Ambitieux. J'ai les yeux explosés, la tête dans du coton, mais je peux pas m'arrêter. Je veux pas. Pas avant de l'avoir encore piégé. Je suis devenu accro. Je veux toujours plus démasquer de scandales. Plus humilier Pierre. Plus le tuer.

Sur internet, je me fais chien de chasse. Je flaire son odeur. Je suis sa trace. J'essaie de me mettre à sa place pour remonter sa pensée et mieux le traquer. Et quand enfin je déterre un morceau, en moi c'est l'explosion.

Mes vues grimpent mais ça je m'en tape. Sincèrement. Je vérifie même pas. Je sais juste qu'en bas de mes vids, il y a un nombre avec plein de chiffres. Six. Peut-être même sept. Sauf que c'est pas ce qui m'intéresse.

Je recherche pas la petite gloriole comme tous ces connards. J'ai pas de photo de profil. Pas d'indice qui permette aux gens de remonter jusqu'à moi. J'ai brouillé mon adresse IP. Je suis intraçable. Je réponds pas aux comm. Ni aux agences qui ont déjà essayé de me contacter. Celle de Pierre la première, d'ailleurs. Bande de charognards...

Tout ça, je le fais pas pour moi. Je le fais contre lui. Contre le système qui l'a pourri. Et plus je le descends, mieux je me sens. Plus il chute, plus je remonte la pente.

Quand j'aurai déchiqueté toutes ses vidéos, je pourrai retourner au skatepark. J'aurai retrouvé ma confiance. J'aurai plus peur en m'élançant dans le bowl. Je pourrai à nouveau voler. Comme avant l'accident.

PIERRE

Au bahut, je suis le pestiféré. Dès que je m'approche, on fuit. On me lance des regards noirs comme si j'avais commis un génocide. J'ai tué personne, les gars, j'ai triché. Et vous alors ? Quand vous mentez sur votre identité pour cracher des horreurs sur Twitter, quand vous mettez des filtres pour faire croire que vous avez les yeux bleus ou quand vous mentez sur vos âges pour regarder des sites de cul ? Sur le net, on est tous des tricheurs, faut assumer.

Moi, seul contre tous, j'accepte ma sentence. C'était un jeu et j'ai perdu. J'ai été trop rapide, trop impatient. Trop faible surtout. Alors maintenant j'en paie le prix. Je bouffe fissa à la cantoche, je suis choisi en dernier aux sports co, même Fifi et Néo ont plus la cote. Je rentre à pied, plus la force d'essuyer les regards dégoulinants de rancœur dans le tramway. Limite c'est chez moi que ça va mieux.

Dans mon enfer avec le père qui nous fait ses fusillades matin et soir. Et ma mère, criblée de balles.

On dîne à trois et tout est redevenu comme avant. J'ai plus le monde en back-up. Mon père fait ses remarques à la con et ma mère et moi hochons la tête comme des moutons. Quand il se ressert en vinasse, je regarde discret mon téléphone. Mais rien. Plus rien. Le calme plat. Jamais j'aurais cru au calme.

Dans ma chambre après le dîner, je vire nostalgique. Je me poste face à l'ordi. Plus de fans qui applaudissent, plus de miracle. Écran éteint, noir, comme l'est devenue ma vie. Plus personne s'adresse à moi de peur d'être contaminé. Ils ont raison, la honte c'est contagieux. Mes copains youtubeurs m'ont tourné le dos aussitôt. Évidemment KiwiKiwi a fait une vidéo où il s'indignait de mes actes. Il parle de moi à la troisième personne sans me citer, en disant "La Tare", alors qu'il a écrit mon pseudo en toutes lettres dans son titre pour avoir un max de vues, l'enfoiré. Je lui ai envoyé une tonne de textos pour lui dire que c'était dégueulasse, blessant, injuste, mais le mec m'a jamais répondu. Seule EmmaSituations m'a laissé un Snap le jour où ça s'est passé.

EMMASITUATIONS

> Pierre, je suis déso pour ce qui t'arrive, les prochaines semaines vont être dures, accroche-toi, va pas sur le net, reste en famille et avec tes amis. En tout cas, tu as fait un bien fou à YouTube, t'as été une super voix ! xoxo

Emma parle de moi au passé et ça fait mal. Mais elle a raison. Je suis terminé. Faut que je me fasse à l'idée. Retrouver l'anonymat, le silence. Seul et lobotomisé.

J'ose plus aller sur Google voir les horreurs qu'on dit sur mon compte. Les fake news, les montages truqués, les gifs où on se fout de ma gueule et de ma tache. Mon plagiat a même fait un sujet dans l'émission écervelée de Ranouhna. J'ai regardé en replay ces chroniqueurs du gourou qui jugeaient mes actes comme s'ils jugeaient un violeur. Par chance, mon père était encore au taf, il a manqué son émission préférée. Il a manqué la seule occase de savoir que son bon à rien de fils a été un temps célèbre et admiré.

Dans la piaule, je suis seul. Comme avant. Sauf qu'avant, j'avais un meilleur pote. Mieux que ça, un monument. Emma m'a dit que pour affronter la tempête, il me faudra rester avec ma famille et mes amis. Sauf que pas de chance. J'ai zéro allié. Même mon monument s'est fait la révérence. Parfois je voudrais écrire un mot à Solal. Mais j'ose pas. Il sait forcément ce qui se passe pour moi. Mais il me laisse dans ma merde. Il est comme ça, Solal. Fier.

Depuis la conversation avec Jack, j'ai perdu mes partenariats et tous mes réseaux sociaux viennent de m'être confisqués par l'agence. "Pour gérer les foudres", m'ont-ils écrit dans leur mail faussement poli. Tu parles. Ils veulent me punir, me chourav tout ce que je suis. Ma voix. Mon identité.

En un claquement de doigts, l'agence a disparu. J'ai beau les appeler, leur dire que ça va pas, que je sais pas comment tenir dans ce carnage, mes appels vont direct sur messagerie. Ils filtrent. Camille ne m'a jamais écrit le moindre mot de soutien, et Gilles, pfff, un seul mail envoyé sous la vigilance de son avocat. Tous ces mecs qui m'adoraient, m'appelaient leur petit prodige préféré me fuient comme la peste.

Mais je dois m'habituer. J'ai plus qu'à me taire à présent. Accepter mon sort. Devenir de l'histoire ancienne. Juste un vieux souvenir pour ce monde assoiffé de rires et de divertissement. Et dans quelques années, le monde se rappellera, il se souviendra vaguement de moi et dira : "Mais si tu sais, le mec avec sa tache sur la gueule, le mec qui faisait des vannes ? Ah ouais mais ouais le plagieur, je me souviens ! Il est devenu quoi ? Rien, je crois."

AGATHE

– Quelle salope !! Je rêve... T'es vraiment pas bien dans ta tête pour faire un truc pareil !

Ma sœur déboule dans ma chambre en furie. J'ai la boule au ventre mais je sais pas trop quoi répondre. J'ai envie de lui dire : Désolée sœurette, on fait pas d'omelette sans casser d'œufs. Si je veux réussir sur YouTube, faut que je mette de côté les sentiments. Que je sache creuser profond dans la merde. Une autre des leçons que j'ai retenues de l'agence de Pierre.

Mais je me tais. Je fais le dos rond en attendant que ça passe. Et du coin de l'œil, je continue à mater le nombre de vues de ma nouvelle vidéo, "Ma famille de tarés".

Sauf que Lola, elle, se tait pas. Sur le seuil de ma chambre, elle hurle :

– Ta mère "autiste" ? Ton père "pédophile" ? Ta sœur "junkie" ????!!! Nan mais t'es sérieuse ?

T'as pensé une demi-seconde à ce qui se passerait quand nous on verrait ta vidéo ?

Je baisse la tête.

– Tu sais ce que ça veut dire, autiste ? Et pédophile ?...

– C'est bon, ça va… je risque à demi-voix.

– Non ça va pas ! Tu sais ce que risque un homme accusé de pédophilie ? Tu crois que tu peux balancer ça à la légère à la face du monde, pour faire genre t'es à plaindre. T'as rien trouvé de mieux pour faire mumuse ?

– Ouais, enfin Estelle elle a…

Ma sœur me coupe.

– Estelle elle a quoi ?

– Elle est super jeune, je bafouille.

– Elle a vingt-neuf ans. C'est mineur, ça ?

Je fais non de la tête.

– Et moi ? T'as pensé à ce que ça me ferait de t'entendre ? Junkie, putain…

– Désolée…

– Tu sais pourquoi je prends des médocs ?

– Ouais.

– Je suis bipolaire, pauvre conne. Si tu crois que c'est fun de vivre toute sa vie accrochée à une pharmacie… Et si tu crois que j'ai le choix, surtout…

Lola est au bord des larmes.

– Comment t'as pu me faire ça, sérieux... Comment t'as pu nous faire ça...

Je voudrais creuser une galerie. M'enfoncer et disparaître à jamais.

Ma première vidéo sur Pierre a fait 86 vues – dont une grande partie doit être attribuée à mes propres clics. Au début, j'ai cru que mon ordi buguait. Puis j'ai compris. C'était de sa faute, à ce gros con, si j'avais fait un flop. Plus personne voulait entendre parler d'un plagieur. Alors je me suis dit qu'il fallait que je me détache de lui. Et il y a trois jours, j'ai pondu cette nouvelle vidéo sur ma famille.

Depuis, je guette les vues comme une maboule. Je dors plus. Je suis scotchée à l'écran. J'attends. J'espère.

Rien ne vient. Je plafonne à 135. Dont plus de 100 sont mes clics.

J'ai vendu mon père, ma mère et ma sœur pour quoi ?

135 vues.

Et dans ce score minable, il a fallu justement qu'il y ait ma sœur... Saloperie d'algorithmes.

D'une voix glaciale, Lola reprend :

– T'as intérêt à supprimer ce torchon. Tout de suite. Si dans cinq minutes ta vidéo est encore en ligne, je préviens les parents.

Et pendant que Lola quitte ma chambre après m'avoir jeté un dernier regard assassin, je me dis que dans ma courte carrière sur YouTube, il y a un truc au moins sur lequel j'avais raison. Mon pseudo. Je le mérite bien.

MISKINA.

SOLAL

C'est quoi, ce bordel ?

Devant la porte de la maison, un gros sac de sport, en plan. Posé en plein milieu du passage. J'ai failli me casser la gueule dessus.

C'est qui ce con qui a foutu ça là ?

Je rentre le sac à l'intérieur. Il pèse lourd en plus.

Puis d'un coup je comprends. C'est le matos de mon père. Pierre est passé nous le déposer dans la nuit. Forcément, il en a plus besoin, le naze. Et il a pas eu le cran de se montrer. Quel lâche... On aurait pu se le faire tirer. Y en a au moins pour deux mille balles. Il est taré !

Un rapide coup d'œil à l'intérieur du sac me confirme mon intuition. Tout y est. La cam, le pied et le projo.

Rien de plus. Pas de lettre. Pas un mot.

Je sais pas pourquoi, je suis un peu déçu. Comme une pique qui me transperce. C'était notre dernier lien, le dernier truc qui nous unissait, et il l'a rompu sans commentaire. Sans le moindre état d'âme.

J'espérais quoi, en même temps ? Des excuses ? Un mot où il aurait proposé qu'on reprenne tout à zéro ? Je crois encore que la vie est un conte de fées ou quoi ?

Je file au bahut en tentant de chasser ma tristesse. Mais toute la journée, ça me colle à la peau. Une couche poisseuse qui ternit tout. Même le dernier plagiat que j'ai déterré hier soir après quatre jours de traque féroce, un youtubeur anglais dont Pierre s'est inspiré pour une de ses vidéos sur le showbiz, m'est devenu indifférent. Je ressens plus de fierté. Plus de joie. Je m'en tape. C'est bizarre.

Je cherche Pierre des yeux. Dans la cour. Dans les couloirs. À la cantine. Je le vois nulle part. À croire qu'il a su se rendre aussi invisible dans la vie que sur YouTube.

De retour à la maison, j'emporte le matos dans ma chambre. Pas envie de le rendre tout de suite à mon père. Affalé sur mon lit, je tourne et retourne la caméra entre mes doigts. Comme un con. Je crois qu'elle va se mettre à me parler ou quoi ? Qu'en frottant dessus, le génie de Pierre va apparaître et exaucer mes vœux ?

J'ouvre le clapet de la caméra, machinalement. La carte mémoire est encore pleine. Pierre a même pas pris la peine d'effacer ses souillures... Va falloir que je fasse son larbin en plus. Je sélectionne tous ses fichiers pour les effacer. Mais avant de les bazarder à la poubelle, quelque chose me retient.

Et je clique sur VID0001.MOV.

Pierre apparaît, dans sa chambre que je connais par cœur depuis l'enfance.

Mais face à moi, ce n'est pas le Pierre célèbre des dernières vidéos, avec sa nouvelle coupe tendance, ses T-shirts de marque et son sourire artificiel de gros con. Dans le petit clapet de la caméra, c'est le Pierre d'avant la gloire qui se tient dans la lumière. Le Pierre d'avant l'agence et toutes les conneries. Un Pierre que je ne reconnais pas tout à fait pourtant. Ce Pierre-là, je l'ai jamais vu. Regard humide. Bouche pincée. Décomposé. Un Pierre vulnérable, au bord de l'effondrement. Qui veut parler mais qui a pas l'air de savoir par où commencer.

Son silence dure et ma gorge se serre.

Soudain, sa voix tremblante s'élève.

Salut les bâtards !

Désolé, j'ai la voix qui déraille.

Je me reprends je me reprends.

Salut les bâtards ! Pfff les bâtards, n'importe quoi. Allez, autant la jouer franc jeu : salut les loseurs comme moi ! Vous allez bien dans votre lose intersidérale ? Ça me fait rire de m'adresser à vous alors que personne me regarde. C'est génial YouTube. Rien de mieux pour bouffer sa solitude.

La solitude, ça vous parle ? Moi c'est ma vie, ma religion, mon casse-croûte et ma Danette chocolat. Là, on est le 19 janvier, je suis seul reclus comme chaque soir après le dîner. Vous avez vu comme je tremble ? Pas étonnant, ça caille comme jamais dans ma piaule. D'octobre à mars, ça caille tellement que parfois je tombe malade rien qu'en dormant. Ça vous fait marrer hein ? Mais c'est vrai. J'ai des angines à répétition à force de grelotter comme une Cosette. Le fautif ? Le père qui refuse de mettre le chauffage dans la baraque. Cet avare de la mort. Il dit que ça coûte un bras et vous avez peut-être un père radin aussi ? Et un père qui frappe pour un rien ? Vous connaissez le genre ? Un père qui te fout la trouille au bide dès qu'il s'approche de toi, lève un œil au ciel ou déplace son bras furtivement, pour bien te faire peur, en mode t'es jamais tranquille, tu grandiras dans la peur, tu crèveras dans la peur.

Allez stop.

Je veux pas faire pleurer dans les chaumières, hein. Je suis pas ce genre-là. La preuve, dans mes potes personne sait que j'ai une vie de merde. Même pas mon meilleur ami. Ma citadelle. Lui, c'est ma raison de vivre. Qu'est-ce que je peux être fleur bleue quand je m'y mets ! À lui, pas besoin de raconter les fureurs de mon père, mon pote est trop noble pour ça. Pas question d'entacher la seule relation qui me tienne debout.

Wow, j'ai tellement une sale gueule sur l'écran. C'est pas permis. Le teint cireux bonjour. Coucou les lèvres gercées. Et ces yeux en pine d'huître, j'en parle même pas. Je déteste plus que tout ma gueule et je l'ai jamais dit à personne. Parce que je ressemble au père. Je lui ressemble tellement qu'il me déteste et déteste ma mère de pas avoir, je cite : été foutue de faire un gosse mieux que ça. Mais surtout mon père déteste ma tache de vin, vous la voyez ? Évidemment que vous la voyez, on ne voit que ça. Cette tache, moi je l'aime bien au fond, parce que c'est la seule chose qui n'est pas de lui. Alors évidemment, lui, ça lui fait péter un boulon. Le père me dit que ça me fait une tronche de mongole et si je ris pas avec lui ? Ses yeux virent au noir et il me traite de pauvre petit con ignare.

Mon père m'a jamais frappé, j'ai de la chance, non ? Quelques basculements à droite à gauche, mais rien de violent, il fait genre qu'il se maîtrise. Merci papa chéri. Moi le père, il me bousille dans les mots, et les gestes, il les garde pour ma mère. Et aujourd'hui c'est un anniversaire. Pile un an, jour pour jour, que ma mère a fini à l'hosto. Mon père lui a cassé la mâchoire. Cassé vraiment comme on défonce un vase. J'étais là, j'ai tout vu et j'ai rien fait. Pire, je me suis recroquevillé sous la table. Je suis un putain de lâche.

Mais ce soir, je promets que je vais apprendre le courage. Je vais tout faire pour jouer au brave. Je sais pas comment je vais faire exactement. Mais ces prochains mois, je vais me dédier corps et âme à ma fuite. Quoi que je fasse, je serai prêt à tout pour nous exiler de là, ma mère et moi.

Cette vidéo est ma promesse. Mon signal.

Même si vous ne la regarderez jamais, je le jure sur ma vie, cette vidéo c'est le début d'une autre ère pour elle et moi.

Le noir reprend ses droits. À nouveau, le silence envahit ma piaule. Sauf que dans ma tête, c'est pas le silence. Ça crie. Ça hurle. Que je suis trop nul. Trop con. Trop égoïste.

Sur mon lit, je suis assommé.

Je revois les dizaines de fois, cette dernière année, où Pierre m'a éloigné de chez lui. Ses parents avaient des amis à dîner. Sa mère recevait sa sœur pour deux semaines. Sa chaudière était encore cassée et c'était mieux si on pionçait chez moi, on se les caillerait moins. Je trouvais ça bizarre qu'en bossant pour des chantiers son père puisse pas trouver un plombier, en même temps je m'en tapais. Alors je cherchais pas plus loin. Et je pigeais pas que tout ça, c'était que des prétextes. Des prétextes pour pas que j'aperçoive sa mère défoncée. Et pour pas que je découvre son père en action.

Non seulement j'ai rien vu, mais en plus, en dégommant mon pote de YouTube, je lui ai fermé sa porte de sortie. En voulant jouer le justicier de mes deux, je lui ai bouché son issue de secours. Je trouvais qu'il avait fait un pacte avec le diable. Sauf que j'avais pas compris qu'il l'avait fait pour échapper au sien.

Alors j'attrape mon téléphone. Et j'appelle mon ami.

"Le numéro que vous avez composé n'est plus attribué."

Je rappuie sur le petit téléphone vert.

À nouveau, ça ne sonne pas. Je tombe direct sur le message d'erreur. J'essaie un mail.

Dans la seconde, le mail me revient.

MAIL DELIVERY FAILURE.

L'adresse de Pierre n'existe plus.

Je pose mon téléphone, désemparé. Et je commence à flipper sérieusement. Pierre n'était pas au bahut aujourd'hui. Son téléphone est déconnecté. Son mail supprimé. C'est quoi ce bordel ?

D'un coup, je me relève. Je chope mon skate pour aller plus vite. Je me rue chez mon pote. Je sais ce que je vais lui dire. On a été trop cons, on s'est laissé séparer par une connerie. C'est pas ça qui compte. On a besoin l'un de l'autre. Entre nous, tout doit recommencer. Pas comme avant. Mieux qu'avant. Je t'aiderai pour ton père. Ensemble, on y arrivera. À mater le tyran. À vous libérer, ta mère et toi. Et tandis que je pousse comme un fou sur le bitume, je me répète qu'il n'est pas trop tard. Qu'il n'est jamais trop tard.

Je saute au bas de mon skate, je sonne à la porte de Pierre. J'ai du mal à reprendre mon souffle. Mes jambes flageolent. J'ai tellement hâte de le voir. De le serrer dans mes bras. D'annuler les malentendus.

J'entends des pas approcher derrière la porte.

Mais personne m'ouvre.

– Pierrot, c'est moi. C'est Solal.

Rien ne bouge.

– Allez quoi. Je suis désolé. Vas-y, ouvre ! Faut qu'on parle.

Soudain, la porte s'ouvre. Mais pas sur Pierre.

Devant moi, c'est le diable. Il attrape mon T-shirt dans son poing serré et de sa voix menaçante, il me mitraille.

– Il est où ? Ils sont où ?

J'ai du mal à avaler.

– Tu sais forcément où il est, toi. Alors tu vas me le dire, petit merdeux. Et vite.

– Comment ça ?

– Fais pas l'innocent. Pierre serait jamais parti sans te dire où.

Parti, Pierre ?! Mon cœur bondit. De tristesse ? De joie ? Je sais pas. J'ai pas le temps de me le demander.

– Je vous jure, m'sieur. Je suis au courant de rien.

Le diable me jauge de ses yeux comme des couteaux. Il me fouille de son regard acéré. Pour un peu, je me chierais dans mon froc.

Je bégaie.

– Sinon, je serais pas venu ici. Je vous le jure sur la vie de ma mère.

Je sais pas si c'est l'expression ou quoi, mais quelque chose bascule dans le regard du diable. Il semble hésiter. Puis il finit par me lâcher. Je respire à nouveau librement.

Les bras du père retombent le long de son corps. Ses épaules s'affaissent. On dirait un pantin désarticulé. Je rêve ou quoi ? Non. Le pantin chiale. Et dans un sanglot, il me glisse :

– Ils sont partis dans la nuit. Sa mère et lui. Sans rien emporter. Ce matin, ils avaient disparu.

Puis, sans un mot de plus, il referme la porte.

Je reste un moment sur le seuil de la petite maison de Pierre. La petite maison de notre enfance.

Lentement, je réalise que mon pote de toujours s'est évanoui. Volatilisé.

Et moi je reste seul. Avec mes regrets. Ma culpabilité. Ma tristesse. Ma joie aussi qu'il ait réussi malgré tout à s'échapper et à les sauver, sa mère et lui, de leur enfer. Même si c'est sans moi.

Et tandis que je remonte sur mon skate pour rentrer chez moi, je fais le vœu que dans sa nouvelle vie, Pierre rencontre un ami.

Un vrai.

DARLING
#PRINTEMPS

EXTRAIT

DWEEZIL

Mon pote Paul est en direct sur Facebook et tout le bahut le zieute.

Chez le coiffeur. Des barres.

Un type en tablier lui fait la boule à zéro. Paul ne bronche pas. Téléphone planté dans la paume, il se regarde dans la glace. Le bahut lui poste des pouces et des lpb. Moi, j'écris.

Dweezil "Tes sourcils darling, ils s'aiment pas on dirait."

Paul répond miskine et je quitte l'appli pour regarder mes stories. Derrière moi, ma mère peste. Elle est par terre à nettoyer du soda renversé par mon abruti de petit frère.

– C'est pas possible ! Ce sont des tomettes andalousiennes ! Vous savez le prix que ça coûte ?

Ma mère dit toujours *vous* quand il s'agit d'engueuler mon petit frère. Pour elle, Floyd et moi sommes la team connerie. Team unie pour le pire et le pire, jusqu'à la majorité. Heureusement, plus que quelques mois à tenir et bye-bye la maison de cinglés.

À côté de la daronne qui frotte sur sa terre cuite, Floyd gémit. Il va être en retard pour le foot. Je peux pas m'empêcher :

— Vu ton niveau, mon gars, autant rester à la baraque. Te fatigue pas, j'te jure.

Contrairement à moi, Floyd n'intégrera jamais la section sport-études et le morpion le sait. Chacun ses cartes. Lui a les faveurs de la matriarche, moi j'ai le talent du petit pont et du sombrero. C'est la vie.

Floyd ne réagit pas à ma pique et sur le canapé, tranquille, je continue à faire défiler Insta. En mode caméra embarquée, Ibrahim est en scooter, positionné sur le passage à niveau, prêt à cabrer.

Je regarde son wheeling dans les règles de l'art. Le corps en arrière, les gaz coupés, l'équilibre précis entre freinage et accélération. Ibrahim fait lever le scoot' comme un charmeur de serpents. Il est doué. Il sourit genre conquête. Et en regardant sa démo, c'est comme si c'était moi qui jouais les acrobates sur les rails.

Comité Social Economique

Carsat Midi-Pyrénées

Tél : 05 62 14 28 96 Fax : 05 62 14 29 29

Cher(e)s Collègues,

Le comité d'entreprise poursuit son action en faveur de la Culture pour nos enfants (âgés de plus de un an et de moins de 18 ans). C'est pourquoi les Commissions Bibliothèque et Arbre de Noël s'associent, pour leur offrir cette année encore, un livre à découvrir.

Le livre permet d'entrouvrir la porte de l'imaginaire, à eux de la pousser au fil des pages ...

BONNE LECTURE

La daronne se relève. Elle part rincer la serpillière grise, me blâmant au passage de ne pas lever mes fesses princières du canapé pour lui filer un coup de main. Je la regarde. Je souris. Je bouge pas le petit doigt. Ma mère me lance des regards de foudre dignes d'un dessin animé. Ça me fait tiep. Elle scrute mon sac de cours, en vrac à mes pieds depuis mon retour au bercail, amorphe comme moi. Je suis posé depuis à peine une heure, ça va, qu'elle me laisse le temps de décompresser.

Je vibre.

Une nouvelle notification Messenger.

Deux potes me demandent si je suis partant pour les retrouver derrière l'arrêt de tram, histoire de s'en griller une ou deux avant le dîner.

Je réponds : 👍🚬💀💣.

Ma mère range le seau dans le placard. Puis elle commence à chercher ses clés de bagnole. Elle tourne dans le salon, ça monte. Elle ressemble à un vieux félin frustré. Floyd est déjà en crampons, chaussettes blanches jusqu'aux mollets, cartable de puceau sur le dos, à trépigner sur le paillasson.

– Pose donc ce fichu téléphone et épluche-nous les carottes pour ce soir, me dit la cheftaine. Allez ! Le canap', c'est pas les sables mouvants. Bouge-toi, Dweezil ! Je ne vais pas te le dire deux fois, je te jure !

Ma mère finit par retrouver son trousseau. Aussitôt, elle claque la porte alors que mon pouce droit continue sa chevauchée. Story coca-glaçons sur la table de Pablo. Selfie filtre-chien dans la piaule de Benjamine. Boomerangs, portraits, super-zooms. Lancers de balle entre Lenny et son iench. Agathe, elle, parade dans les boutiques de fringues au bras de sa grande sœur. Elle filme les cabines d'essayage et les débardeurs en soldes. #Viveleprintemps.

Je clique sur le #.

Nouvelle salve de photos.

Je tombe sur une brune du bahut. La mignonne discrète avec ses Stan Smith dorés, qui traîne dans la petite cour pendant les interclasses. Sur sa pic, la mignonne est dans son jardin, en maillot de bain, un roman éventré dans l'herbe. #Viveleprintemps. #BronzageSoon. On ne voit pas sa tête. Uniquement ses jambes blondes qui s'engouffrent dans l'eau, façon conte de fées.

Je lui mets un cœur.

Juste un.

Et je clique sur suivre.

LES AUTEURS

Agrégée de lettres modernes et cinéaste, CHARLOTTE ERLIH a enseigné les arts du spectacle à l'université de Nanterre, avant de se consacrer à l'écriture et à la réalisation. Chez Actes Sud junior, elle est l'autrice de *Bacha Posh* (prix NRP, Sésame, et des Lycéens autrichiens), *20 pieds sous terre* (prix des Lycéens allemands), *Highline* (prix Jean-Claude Izzo), *Coupée en deux* et *J'ai tué un homme*. Elle publie également pour adultes (*Funambules*, Grasset).

JULIEN DUFRESNE-LAMY a publié à vingt-cinq ans chez Stock son premier roman, *Dans ma tête, je m'appelle Alice*. Son quatrième titre en littérature générale, *Jolis jolis monstres* (Belfond), a remporté en 2019 le grand prix des Blogueurs littéraires et le prix Millepages. Son cinquième roman, *Mon père, ma mère, mes tremblements de terre*, est sorti à la rentrée d'automne. En parallèle, il écrit pour la jeunesse : *Mauvais joueurs*, *Boom* et *Les Étonnantes Aventures du merveilleux minuscule Benjamin Berlin*, chez Actes Sud junior.

Ouvrage réalisé par l'atelier graphique Actes Sud, achevé d'imprimer
sur Roto-Page en décembre 2020 par l'Imprimerie Floch à Mayenne pour
le compte des éditions Actes Sud, Le Méjan place Nina-Berberova, 13200 Arles.
Dépôt légal 1re édition : janvier 2021
N° impr. : 97268
(Imprimé en France)